SENHORA CERTINHA

TENTANDO SE ENCAIXAR EM PADRÕES IMPOSTOS POR ELA MESMA

Editora Appris Ltda.
1.ª Edição - Copyright© 2022 da autora
Direitos de Edição Reservados à Editora Appris Ltda.

Nenhuma parte desta obra poderá ser utilizada indevidamente, sem estar de acordo com a Lei nº 9.610/98. Se incorreções forem encontradas, serão de exclusiva responsabilidade de seus organizadores. Foi realizado o Depósito Legal na Fundação Biblioteca Nacional, de acordo com as Leis nos 10.994, de 14/12/2004, e 12.192, de 14/01/2010.

Catalogação na Fonte
Elaborado por: Josefina A. S. Guedes
Bibliotecária CRB 9/870

R484s
2022
	Ribeiro, Denize
	    Senhora certinha : tentando se encaixar em padrões impostos por ela mesma / Denize Ribeiro. - 1. ed. - Curitiba : Appris, 2022.
	    125 p. ; 21 cm.
	
	    ISBN 978-65-250-3695-3
	    1. Ficção brasileira. 2. Mulheres. 3. Autorrealização em mulheres.
	I. Título.
	
	                                                                      CDD – 869.3

Editora e Livraria Appris Ltda.
Av. Manoel Ribas, 2265 – Mercês
Curitiba/PR – CEP: 80810-002
Tel. (41) 3156 - 4731
www.editoraappris.com.br

Printed in Brazil
Impresso no Brasil

SENHORA CERTINHA

TENTANDO SE ENCAIXAR EM PADRÕES IMPOSTOS POR ELA MESMA

Denize Ribeiro

Appris
editora

FICHA TÉCNICA

EDITORIAL
Augusto Vidal de Andrade Coelho
Sara C. de Andrade Coelho

COMITÊ EDITORIAL
Marli Caetano
Andréa Barbosa Gouveia (UFPR)
Jacques de Lima Ferreira (UP)
Marilda Aparecida Behrens (PUCPR)
Ana El Achkar (UNIVERSO/RJ)
Conrado Moreira Mendes (PUC-MG)
Eliete Correia dos Santos (UEPB)
Fabiano Santos (UERJ/IESP)
Francinete Fernandes de Sousa (UEPB)
Francisco Carlos Duarte (PUCPR)
Francisco de Assis (Fiam-Faam, SP, Brasil)
Juliana Reichert Assunção Tonelli (UEL)
Maria Aparecida Barbosa (USP)
Maria Helena Zamora (PUC-Rio)
Maria Margarida de Andrade (Umack)
Roque Ismael da Costa Güllich (UFFS)
Toni Reis (UFPR)
Valdomiro de Oliveira (UFPR)
Valério Brusamolin (IFPR)

SUPERVISOR DA PRODUÇÃO
Renata Cristina Lopes Miccelli

ASSESSORIA EDITORIAL
Renata Miccelli

REVISÃO
Camila Dias Manoel

PRODUÇÃO EDITORIAL
William Rodrigues

DIAGRAMAÇÃO
Yaidiris Torres

CAPA
Eneo Lage

AGRADECIMENTOS

Agradeço ao meu irmão, que em sua fala simplista foi o primeiro que me incentivou como escritora; e às minhas amigas, Dani e Angelita, que me incentivaram com a escrita deste livro em especial.

Agradeço à minha família. Ao meu filho, ao qual deixei de dar atenção por estar absorta em meus pensamentos e criações. Ao meu marido querido, que me bancou financeiramente durante o meu processo de criação. À minha filha, que foi a primeira avaliadora desta obra e me deu o aval para que eu prosseguisse com a escrita.

Agradeço também à Vanessa, Rita Lucindo e Adriana Mariano, que compartilharam suas histórias engraçadas comigo; e a outras tantas mulheres que me inspiraram a construir a *Senhora certinha*.

SUMÁRIO

PRÓLOGO | 9
I | 11
II | 13
III | 16
IV | 23
FILHOS | 24
V | 30
SAPATOS | 32
VI | 37
DELÍCIAS DO SUPERMERCADO | 40
VII | 44
A PIZZA | 48
VIII | 51
GUARDA-CHUVA? | 54
IX | 58
MAAAEEE!!! | 64

X | 67
O TOMBO | 69
XI | 73
VÍCIOS | 78
XII | 83
MEIAS | 86
XIII | 92
BOLINHAS DE GUDE | 99
XIV | 103
PARQUINHO | 106
XV | 108
CORRENDO ATRÁS DO ÔNIBUS | 110
XVI | 114
NÃO AGUENTO MAIS | 119
XVII | 121
XVIII | 122

PRÓLOGO

Joana, Jô, como prefere ser chamada, é uma mulher igual a tantas outras, que chega perto dos 40 e não tem a mínima ideia de quem seja, nem de que vida leva, nem de a que grupo pertence. Sem opinião, ela vive uma vida que segue os padrões de uma "senhora", embora não tenha idade para essa denominação, agradável aos olhos de todos. Não discute, não expõe suas ideias nem seus ideais — se é que ela os tem. Talvez nem se tenha permitido isso. Somente segue, cumprindo todas as regras, sem questioná-las.

Vive um casamento de fachada, em que o amor já foi embora há muito tempo. É mãe de três filhos, que a deixam de cabelos em pé, mas se sente imensamente responsável por eles e tenta a todo custo educá-los de forma perfeita e sem a ajuda do pai, pois, para ele, o homem é o provedor da casa e a mulher é quem educa os filhos. Essas são as obrigações do casal. Todas bem definidas. Preto no branco.

Além de dona de casa, trabalha como professora e tem de ser exemplo de perfeição também no ambiente profissional. Conciliar a casa com a profissão tem a levado à exaustão. Nunca se perguntou se queria assumir tudo isso para si. Quando adolescente, disseram que precisava namorar. Namorou. Depois teria de se casar. Casou-se, até que a morte os separe. Ter filhos, teve três. Amamentar, amamentou. Estudar, estudou. Trabalhar, trabalhou. Dirigir, dirigiu. Depilar-se, depilou-se.

Tenta fugir de pensamentos acerca de si mesma, mas esses questionamentos estão cada vez mais gritantes em sua vida. Está quase enlouquecendo.

Por um acaso do destino, vê-se numa outra vida, muito mais agradável para si. E aí? Entrega-se a essa vida nova ou continua sendo a senhora certinha a que se propôs a ser?

I

Talvez uma mudança comece por uma transformação radical no corte do cabelo.

Num ímpeto de loucura e superação dos meus medos, bloqueios e traumas, estou entrando em um salão de beleza e não tenho a mínima ideia do que fazer com minhas longas madeixas louras. Minhas pernas encaminharam-se para esse local e já não seguem meus pensamentos. Saí de casa com o intuito de resolver problemas bancários, os quais não eram poucos, e estavam me dando uma dor de cabeça horrenda, mas fui arrastada para cá. Tinha a sensação de que não era possível controlar a mim mesma. Meu cérebro não estava mais no comando.

Quero mudar! Simplesmente mudar. Anseio por isso há algum tempo, mas me faltava coragem de encarar a ideia. Cada vez que eu pensava no assunto, fugia afundando-me em compromissos para afastar qualquer possível ideia de conexão comigo mesma. Era capaz de ter até mais um filho, para ocupar todo o tempo e não haver possibilidade de refletir sobre mim.

Não aguento mais me olhar no espelho e me sentir a mesma de sempre. Sem graça, sem cor, sem brilho. Eu disse "me olhar" no espelho? Acho que quis dizer "passar" pelo espelho. Nem sei há quanto tempo não me sinto digna de encará-lo, tenho medo do que ele possa me dizer.

Denize Ribeiro

Acho que essa vontade louca por mudança não é somente em meus cabelos, mas simplesmente algo que precisa ser mudado em mim. Dentro de mim.

Pode cortar, quero um corte "joãozinho".

II

Meu nome é Joana, mas todos me chamam de Jô. Desde pequena me chamam assim. Não sei bem quem foi que abreviou meu nome. Abreviação de nome é diferente de apelido. Os apelidos você sempre sabe quem colocou, já a abreviação acontece de forma natural. Quando se percebe, estão todos o chamando assim, e só o chamam pelo nome completo novamente quando querem lhe dar uma bronca. Jô soa mais fácil. Sou a tia Jô!

Sou uma mulher "quarentona", ou quase. "Quarentona", de onde surgiu esse termo? Minha filha, uma vez, perguntou-me por que chamaram de quarentona uma prima minha que estava de aniversário, e na minha mais correta explicação, como sempre, disse que era porque ela estava fazendo 40 anos. Ela se contentou com a resposta, mas eu não. Quarentona! Com direito a ponto de exclamação, é aquela mulher que está ficando velha, mas ainda "dá pro gasto", dá um caldo, ainda está "bonitona". Aquela, na linguagem dos médicos ortopedistas, cujos músculos ainda estão mais ou menos firmes para manter os ossos no lugar. Por pouco tempo, é claro!

Tenho uma família considerada perfeita aos olhos da "sociedade de bem". Sou casada com alguém correto e que poucos deslizes comete. Num casamento de 18 anos. E as brigas quase nunca ocorrem; por minha causa, é claro. Às vezes, acho que preciso extravasar mais,

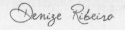

mas minha educação e meu conceito, estipulados por mim mesma, de uma esposa perfeita não me deixam perder a cabeça. Dizer bobagens e depois ter de correr atrás do prejuízo, tentando consertar o que foi feito, não me parece uma boa alternativa.

Tenho três filhos lindos. Um menino de 18 anos, rapaz galanteador, conquistador das garotinhas — talvez até eu me apaixonasse por ele, se os anos fossem outros, e olha que não é papo de mãe babona. Desde bebê, ele já lançava o seu "olhar 43" para todos que o olhassem, e todos se apaixonavam por aquele bebê gordo com cara de carente. Júnior, o bonitão. Carregava o nome do pai, pois era tradição em sua família tradicionalíssima. E, 10 anos depois, nascia um casal de gêmeos, oito anos de pura eletricidade. A menina é a Estela, toda delicada e cheia de frufru, tem o rosa como sua cor predileta e adora laços na cabeça; e o menino é o Miguel, inteligentíssimo, desde pequenino já mostrava seus dotes matemáticos e de raciocínio lógico, respondendo de forma rápida e clara às situações que lhe eram apresentadas. Talvez se torne um cientista quando crescer, mas por enquanto não há nada na casa que resista às suas mãozinhas geniais. Três personalidades completamente diferentes, que, quando se juntam, me deixam louca, de cabelo em pé. Um detalhe importante em toda essa história, que não pode passar despercebido, é que: ELES DIVIDEM O MESMO QUARTO!

Tenho uma certa estabilidade financeira, conquistada com muito sacrifício e a duras penas. Um emprego público, de que não se pode mandar embora, a menos que uma falta grave seja cometida, o que não é o meu caso. Senhora certinha como sou, nunca cometeria um erro grave a ponto de ser despedida por justa causa. Sair desse emprego só mesmo pedindo demissão, mas quem seria o louco de se demitir de um emprego desse tipo, não é mesmo?

Acho que essa seja a minha breve descrição. Interessante ela, não é? (Leia com sarcasmo). Nas terapias sempre é pedido para que falemos um pouco de nós; já estou treinada, este texto está sempre na ponta da língua. Mas, quem seria eu realmente? O que eu quero de mim?

Ah! Algo na minha descrição está incorreto: as madeixas louras já não são tão longas assim, nem tão louras. Devido aos inúmeros cabelos brancos, elas já foram pintadas e repintadas de tons mais claros a tons mais escuros, mas, como sempre, nunca extrapolando o limite da seriedade que comporta a senhora certinha, respeitosa, de quem todos esperam um comportamento exemplar.

— Nada de tons vibrantes: vai passar uma mensagem diferente daquela que você quer passar, não é?

Então, cabelos pintados de azul, verde ou roxo, como vemos atualmente na cabeça de alguns adolescentes, seriam considerados uma perfeita blasfêmia! Há pouco tempo vi uma senhora, mais ou menos da minha idade, com um cabelo azulzinho da cor da arara azul, e embora os meus olhos preconceituosos, treinados uma vida toda para serem assim, sem questionamentos, rejeitassem um pouco a ideia, lembrei-me das vontades de adolescente em extravasar, em sair do dito normal.

Cabelo vermelho eu acho tão bonito! Mas, e a coragem de tê-lo?

Agora, após essa breve descrição do meu personagem, está chegada a hora de você fechar este livro e fazer algo produtivo, como brincar com seu filho, se o tiver, fazer seu almoço, sair a namorar, estudar ou até mesmo "plantar batatas", se assim preferir, mas se você insistir em ler minhas histórias, eu só espero que este livro não o chateie nem lhe traga ensinamentos como um manual de instrução ou livros de autoajuda.

Boa leitura, e meus pêsames!

III

É incrível como o barulho da tesoura e os fios de cabelo caídos no chão nos fazem refletir. A cada tesourada, uma parte das minhas lembranças e sonhos vem à tona, como se toda a minha história se apresentasse naqueles fios que eram cortados.

Sonhos. Estava pensando sobre eles. Nós sempre vamos construindo sonhos, formulando-os e nos programando para realizá-los. Alguns se realizam e nos deixam imensamente felizes, outros não se realizam e nos trazem tristezas, outros se realizam e não nos promovem sentimento algum, e outros que se tivessem sido realizados, teriam sido uma lástima. Há ainda aqueles que se perderam no tempo, e outros que foram modificados automaticamente durante o nosso processo de "adultice".

Você se lembra de seus sonhos de criança? "Sim, com certeza" pode ser sua resposta, mas a minha não. E daqueles da sua adolescência, em que tudo fervilha, milhares de oportunidades aparecem à sua frente, você não sabe qual caminho seguir, e você é empurrado e cobrado para decidir?

Nunca quis muita coisa. Sonhava em ter algo melhor do que a minha vida de adolescente me proporcionava, uma vida um pouco mais fácil, porém sempre me contentei com pouco. Sempre fui mais de sentir as coisas do que tê-las. O ser, para mim, prevalece ao ter. Mas, não era isso que a sociedade pedia. Você precisa ter um emprego para ter dinheiro, para ter uma casa, para ter um carro, para ter roupas caras, para ter uma prateleira gigante de sapatos e bolsas, para ir ao shopping fazer compras, para ter.

Também não fui muito revolucionária. Desde adolescente seguia os padrões da sociedade em que eu me inseria, e a senhora certinha, mesmo com sonhos diversos, não iria contra o que estava acontecendo. Era o auge da evolução das mulheres no mercado de trabalho, e a cada dia também se viam mais e mais mulheres ao volante. Elas estavam conquistando espaços que antes eram de exclusividade masculina, como frentista, motorista de caminhão, motorista de ônibus, cargos de chefia etc. etc. etc., e mais etc. Essas mulheres, sim, foram revolucionárias, mas eu só me deixei levar, até porque, diante de tudo isso, de toda essa conquista suada, como eu poderia remar contra a maré?

Aí vieram os compromissos: faculdade, profissão, dinheiro, casa, carro, família, ser feliz, ser independente financeiramente, não entrar em depressão, fazer exercícios físicos regularmente, ter uma alimentação saudável, ter uma religião, ou não, ser boa profissionalmente, ser boa mãe e, além de tudo, estar linda, cheirosa, bem arrumada e ser boa na cama... ufa! Faltou alguma coisa?

Ah! Os sonhos.

— Está pronto! Vou pegar o espelho para que você possa ver como ficou atrás. — A voz do cabeleireiro despertou-me de meus devaneios loucos.

Uau!

Encarei-me no espelho. Minhas pernas bambearam. Que bom que eu estava sentada, senão um tombo seria inevitável. A angústia em meu peito foi sufocante. O cabeleireiro não parava de falar do corte que tinha feito, da praticidade de se ter um cabelo curto, mas o nó na minha garganta cada vez apertava mais, e sua voz embaralhava-se em palavras desencontradas. Enxergava duas, três imagens de mim mesma. A minha visão estava completamente turva. O que eu havia feito?

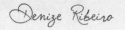

Estava muito diferente. Senti vontade de chorar, mas nem isso era possível no momento, tamanho o choque que levara. Estava atônita. Agora a mudança física estava feita, não dava para voltar atrás, teria de encarar a todos, a começar pelos de casa; esconder uma mudança como essa seria impossível. Eles não sabiam da minha decisão, até porque eu também não sabia. Foi uma decisão tomada no impulso. Coisa mais que rara de acontecer.

Caminhei até o carro, minha mão passava pelos fios, que escapavam rapidamente entre os meus dedos. Não mais percorriam quilômetros até encontrarem um embaraço de fios entrelaçados que formavam um nó impossível de desatar. Tateava-os tentando encontrar o que eu tinha perdido. Durante o percurso me sentia como um ET. Pensava em como eu me pareceria aos olhos dos outros, sentia que todos me olhavam me julgando, e torcia para que não encontrasse nenhum conhecido, para não ter de explicar aquela situação constrangedora, à qual eu ainda nem tinha me acostumado.

Voltei para casa. Enquanto dirigia, dava olhadas furtivas no espelho para ver quem era aquela pessoa que estava ali naquele carro. Era difícil me reconhecer. Parecia que alguém me espionava. Aquela imagem ali refletida me distraía e me levava a movimentos abruptos dispensáveis quando se está no trânsito. Cheguei à minha rua, agradecida por não causar nenhum acidente, apesar da minha péssima condução ao volante. Permaneci um tempo esperando no portão antes de entrar, precisava tomar coragem. A bobagem já estava feita mesmo, e agora precisaria encarar os olhares reprovadores e assustados de todos. Desliguei o motor do carro e fiquei ali. Como será que vão reagir?

Peguei as chaves na mão, e meus olhos dirigiram-se do espelho para a fachada da minha casa. Ela foi uma conquista material grandiosa para os nossos rasos bolsos do início do casamento. A conquista foi grandiosa, mas sobre a casa já não posso dizer o mesmo. Vivemos nos esbarrando a todo momento devido à falta de espaço. E mesmo com um filhinho pequeno para criar, conseguimos, após pôr o telhado e com nada de luxo, entrar nela para morar e deixar de pagar o aluguel que consumia boa parte dos nossos respectivos salários.

SENHORA CERTINHA

Hoje ela está bonitinha, toda arrumadinha, com tudo em seu devido lugar. Uma casa digna da senhora certinha. Tapetinhos à porta com dizeres de "bem-vindo", cortinas, quartos e sala decorados e vasos de plantas espalhados pela casa, para dar um ar de leveza. Ah! Os adjetivos no diminutivo fazem-se necessários para fazer jus ao seu tamanho.

Senti muito ao sair da casa onde morei na minha infância. Era uma casa simples, porém com um quintal enorme. Muitos pés de frutas, animais de criação, toda arejada. Fui morar numa cidade maior, com uma casa menor e toda gradeada e trancada, o que trazia a sensação de, embora termos uma chave na mão, estarmos trancafiados atrás de grades. Sinto a falta das luzes entrando na cozinha e das conversas ao redor da mesa.

Nunca pensei muito em como seria a minha casa da vida adulta. Não queria muita coisa. Quando adolescente, sonhava ao escutar uma música que falava sobre uma casinha branca, com janelas para ver o sol nascer. Era essa casa que eu queria, mas como encaixá-la na vida que eu levo, na cidade onde moro? Tudo é cercado por muros, e basta um vizinho respirar para acreditarmos piamente que ele está dentro da nossa casa.

— Fechei negócio, amor! Amanhã eu a levo para ver o terreno. É num bairro próximo ao centro, dá para ir a pé até lá. — Meu marido chegou contando, todo feliz, que tinha conseguido encontrar um terreno razoavelmente bom e com um valor que cabia no nosso bolso. Talvez, e muito provavelmente, quem estava se desfazendo desse terreno estivesse com as finanças em situação precária. Do contrário, nunca conseguiríamos comprar algo tão próximo ao centro da cidade.

No dia seguinte, fomos ao local do terreno, a localização era bem privilegiada, tinha uma boa vista. Pena que depois vieram muitas construções, e a vista ficou limitada.

— Realmente, a localização é boa e fica no alto, dá para sentir o vento e ter uma visão ampla do bairro. Gostei! Só esta construção dentro do terreno é que é horrível! — falei, tentando me animar, evitando ser a chata a quem nada agrada.

— Da construção vamos aproveitar algumas paredes. O terreno é bom também, porque já está todo murado.

— É tão... pequeno! Nem parece ser possível construir uma casa aqui!

Meu marido continuou a mostrar as vantagens do negócio feito. Anunciando aqui e ali o que seria construído, como seria aproveitado, onde teríamos de aterrar e desaterrar, e eu fiquei tentando acompanhar seus pensamentos, mas confesso que tive grande dificuldade em imaginar algo pronto olhando apenas o espaço. Projetar as imagens concretas no espaço vazio sempre foi um problema para mim, mas, mesmo assim, esforçava-me tentando mostrar que estava interessada, fingindo compreender tudo que era dito.

Passamos a pensar no desenho da nossa casa, em como colocar a ordem dos cômodos. O que ficaria na frente do terreno e o que ficaria mais ao fundo. Tudo sendo construído um atrás do outro, pois não existia espaço para que a casa se desenvolvesse lateralmente. O terreno era estreito.

Senti a falta de espaço, sim, mas não podia reclamar, era o que o nosso dinheiro podia comprar. Precisávamos sair do aluguel com urgência. Muito dinheiro sendo jogado fora, que poderia ser investido em uma coisa nossa, na nossa casa. Esse era o pensamento com o qual eu tentava me convencer todos os dias a aceitar a compra daquele espaço.

Foi economia atrás de economia, tudo era investido na construção. Não desviávamos centavo algum para o que quer que fosse considerado desnecessário. Pizza? Nem pensar. Cabeleireiro, manicure, roupa nova, viagens, tudo ficou estagnado. E dentro de mais ou menos um ano, com os cabelos lembrando a uma palha de aço, as unhas com quilômetros de cutículas e as roupas todas puídas, tínhamos um teto para morar. Era só um teto mesmo. A economia e o esforço valeram a pena. Mudamo-nos para a casa nova, ou melhor, para debaixo daquele teto, com tudo inacabado. Era chão sem piso, paredes sem acabamento. A pintura, então?! Só aconteceu anos depois. Às vezes, eu me sentia dentro daquela música infantil "A casa" do

SENHORA CERTINHA

Vinícius de Moraes, que dizia que a casa era muito engraçada, não tinha teto, não tinha nada. Mas, ela era nossa. Somente anos depois fui saber o real significado dessa música, que "casa" seria essa, que não era uma casa material. Você que desconhece essa história está querendo que eu lhe conte, né? Mas, não vou. Vou lhe proporcionar a oportunidade de fazer uma pesquisa produtiva.

Os materiais de construção viraram brincadeira para meu filho. Ah! Quantos castelinhos e bolinhos de areia foram feitos em nossas brincadeiras! Nesse tempo ainda era capaz de dedicar tempo a ele, ainda tinha disposição, coisa que falta hoje com o meu casal de gêmeos. Nem sei brincar mais.

Foi uma superação e tanto. A cada ano nossa casa ficava mais nossa, com a nossa cara. Ela foi rebocada, colocamos o piso, os vidros nas janelas — o que era essencial, quando nos períodos de frio, mas, mesmo essencial, entramos sem eles e nos protegíamos com papelão.

As melhorias foram acontecendo depois. Reboca aqui, põe piso ali, faz uma mudança ou outra, pinta, pinta, rejunta, põe, tira, limpa, poeira, sujeira, lava, esfrega e, por fim, pendura um quadro na sala para anunciar a finalização da casa.

Li uma vez que, em Minas Gerais, é promovida a Festa da Cumeeira, quando uma construção é findada. Aqui na minha casa nos contentamos com um quadro pendurado na parede da sala.

Um barulho forte de vidro quebrado tinha vindo de dentro de casa, o que me fez acordar do meu devaneio. Saí correndo do carro, entrei toda preocupada, tentando não me atrapalhar com as chaves do portão (sempre as confundia). O que poderia ter acontecido? Será que alguém teria se machucado? Qual parte da casa teria sido destruída desta vez?

Nem me lembrei mais do cabelo.

Quando entrei, meu marido estava deitado na sala, pensando em se levantar para saber o que tinha acontecido.

— O que aconteceu? — perguntei, aflita. E ele, na maior tranquilidade, respondeu:

— Nada, não. Deve ter sido só um copo quebrado.

"Deve ter sido": não consigo compreender como ele se contenta com o "deve ter".

Encaminhei-me às pressas até a cozinha, e lá jazia um copo estraçalhado no chão. Aí começaram os trâmites da limpeza de vidros quebrados: ninguém se mexe, põe os chinelos, pega pá, pega vassoura. Varre, varre, cata os cacos maiores e depois os menores. Olha, procura, varre. Olha de novo, há um brilho, varre. Passa um pano úmido para que os minúsculos e quase imperceptíveis cacos grudem ali. E depois de todo esse processo, durante a semana, com certeza ainda aparecerão outros embaixo de móveis ou nos cantos das paredes.

Quando terminei a limpeza, estavam todos me olhando, esperando que eu dissesse algo. Parecia até que estavam esperando uma bronca. Estranhei e fiquei me perguntando o porquê daqueles olhares, até que o meu filho Miguel me pergunta sobre o que eu tinha feito no cabelo.

— Mudei. Por quê? Algum problema?

Todos silenciaram. Acho que perceberam o quanto limpar vidro quebrado pode ser estressante.

Melhor assim!

IV

Tudo pronto! Tudo certo para a viagem de amanhã cedo. Pela primeira vez depois de muitos anos de profissão e família, vou sair por um tempo sozinha. Embora seja por um fator profissional, uma formação para melhorar/mudar meus conceitos sobre a Educação e suas implicações na sociedade atual, vou sair sozinha.

Até gostei do fato de essa palestra ser em um lugar longínquo. De início, reclamei, confesso. Teria de me deslocar, gastar combustível e tempo de viagem. Não entendia o motivo de ter de sair da minha cidade para ouvir blá-blá-blá em outra cidade. Uma cidadezinha do interior, pequenininha, talvez nem caibam todos lá.

Já que era algo obrigatório, que facilitassem as coisas. Mas, não teve outro jeito. O palestrante era bastante requisitado, e somente lá ele se apresentaria. E data para uma palestra realizada em local mais próximo só seria possível no final do ano seguinte.

FILHOS

Quando na adolescência pensava em ter filhos, sempre imaginava ter mais de um. Uma vida sem irmãos, sendo filho único, parecia-me impossível. Sempre gostei de famílias grandes, então ter apenas um filho mimado — perdoem-me a generalização, mas são muito raros os filhos únicos que não o são — nunca foi meu desejo. Seguia o velho ditado "um é pouco, dois é bom e três é demais".

É! Tentei seguir o ditado, mas acho que não foi possível. Ultrapassei o limite do bom e fiquei com o demais.

Júnior nasceu numa época conturbada da minha vida. Ele não foi assim, como posso dizer, bem planejado. Eu era jovem, estava estudando, iniciando a faculdade, embora ainda não soubesse bem ao certo qual carreira seguir, e não tinha emprego, o que seria o meu primeiro — e primeiro emprego não é lá muito fácil de arrumar, devido à falta de experiência; mas como ter experiência, se a idade não permite? Nada diferente de qualquer outro jovem. Se você é um deles ou mãe de um, deve estar se identificando com esta parte da minha história. Mas, o agravante veio em forma de barriga pontuda, também nada muito diferente de muitas. Sei disso. Não sou mais especial que ninguém.

A vida de adulto estava apenas começando, e ele veio para dar um empurrãozinho de leve, ou nem tão leve como eu imaginava.

SENHORA CERTINHA

Assim como a mamãe-passarinho, que empurra seu filho do ninho para que aprenda a voar. Mas, no meu caso, as posições foram invertidas, foi o filhote que empurrou a mãe. Tive de crescer e aprender a voar forçadamente.

Foi tudo muito novo para mim.

As suspeitas começaram devido aos enjoos matinais, que me causaram estranheza e me despertaram uma pontinha de dúvida. O que será que está acontecendo comigo? Será que estou doente? Mas, aqueles enjoos eram tão estranhos. Eu passava mal, mas conseguia comer logo em seguida, pois a fome era persistente. Em vez de ir ao médico, decidi mesmo fazer o teste de gravidez comprado em farmácia para descartar primeiro essa opção antes de me encontrar com médico algum e fazer exames desnecessários.

Tremendo, li as informações de como realizar o teste. Fui até o banheiro e desajeitadamente urinei sobre o medidor. Positivo? É isso mesmo? Olhei diversas vezes as orientações de como fazer a leitura do teste. Será que está certo? Será que não pus o leitor de forma errada em contato com o xixi? Li e reli. Foi um choque! Não queria acreditar, mas lá estavam os dois pontinhos. Tenho de encarar a realidade, pois o que está feito está feito, não dá para voltar atrás.

Foi um planejamento acelerado das coisas que tínhamos de fazer antes do nascimento, até mesmo o casamento, pois na sociedade certinha em que vivíamos era muito complexo dizer que esse casamento não aconteceria, até porque já havia mais de um ano de namoro, dávamo-nos bem. Então, por que não nos casarmos, não é mesmo?

Primeiro conta a novidade para o namorado, depois conta para a família e aguarda para ver qual a reação deles, planeja casamento, com festa ou sem festa? Aluga casa para morar e põe os poucos móveis, conseguidos por meio de doações ou presentes de parentes. Casa. Primeira noite dessa nova vida. Barriga cresce, cresce, e cresce mais um pouco. Está pontuda, deve ser menino, ultrassom. Não foi possível ver o sexo. O bebê estava com as pernas fechadas. Fraldas, chá de bebê. Compra roupinhas, ganha roupinhas. Barriga cresce.

Contração. Que dor estranha! Será que é isso que é uma contração? Vontade de ir ao banheiro. Dorzinha nas costas, vontade de novo de ir ao banheiro, dor mais forte, banheiro, dor, banheiro, dor, banheiro, dor. Dor, dor, dor, dor, hospital!

A bolsa estourou!

Como? Não senti nada do tipo em que o líquido escorre pelas pernas, como acontece nos filmes e novelas?

Parto normal! Com corte, mas "normal". "Força, empurra, vai, coragem, mãezinha, mais força".

Estava quase desmaiando pela dor insuportável, quando ouvi aquele primeiro chorinho, ou melhor, chorão. Desde o momento em que nasceu, meu primogênito já requisitava as maiores atenções. Apareceu em minha frente carregado pelas mãos do obstetra, aquele serzinho minúsculo, de cara arroxeada, todo sujo e completamente dependente. Naquele momento, a responsabilidade recaiu sobre mim. Era de mim que ele dependia, era do meu leite que ele precisava. E a educação, como irei educá-lo? Como farei para torná-lo uma pessoa respeitável e respeitadora? Com princípios que eu acredito ser os melhores?

É um menino!!

Como regra na família do meu marido, todos os primogênitos carregavam o nome de seus pais, e assim nasceu o Júnior. Eu queria que se chamasse Manoel. Nos cadernos de resposta nas brincadeiras de adolescentes, sempre colocava o nome de Manoel quando a pergunta era sobre o número de filho que queríamos e quais os seus respectivos nomes, mas respeitei a tradição familiar...

O primeiro chorinho foi uma alegria, já os outros...

Não sabia o que fazer, dava mama, trocava fralda, dava mama de novo, chacoalhava, cantava, e nada adiantava. O bebê não parava de chorar.

Sempre me julguei capaz de cuidar de um bebê, só não imaginei que ser mamãe de primeira viagem seria tão difícil. Dava de mamar o tempo todo e não conseguia descansar, não sobrava tempo nem para recuperar minhas forças para a próxima mamada.

SENHORA CERTINHA

Mas, como havia lido nos manuais de instruções que dar de mama é muito importante para o bebê e estreita os laços maternos e blá-blá-blá, eu me esforçava ao máximo para conseguir suprir essa necessidade do bebê. Lindas informações, quase poético. Os comerciais de TV só traziam a importância do leite materno para a saúde do bebê e da mãe, porém nada informavam sobre quão difícil é a amamentação! O peito racha, e isso dói demais. Deveriam nos pôr a par disso, para não ficarmos achando que somos mães ingratas, desnaturadas, que às vezes sentimos vontade de jogar o filho longe, e que isso é normal e passa logo.

Foram meses difíceis aqueles que seguiram ao nascimento do Júnior, mas nada comparado à segunda gravidez.

Ela foi planejada. Já estávamos com uma certa estabilidade financeira, e eu bem mais madura, quando decidimos ter um segundo filho, pois, como disse, filho único para mim estava fora de cogitação, e acabei convencendo o marido de que devíamos ter mais um. Foi difícil convencê-lo, e somente depois de oito longos anos é que consegui essa façanha, já crente de que esse meu desejo não se realizaria, mas fui surpreendida.

Parei com o anticoncepcional e engravidei já no primeiro mês. Acho que tenho de me cuidar, pois a fertilidade aqui é bem boa!

Os ultrassons já estavam mais evoluídos, e por isso a surpresa veio mais potente. "Há dois coraçõezinhos batendo aqui, mamãe".

Como assim?????

O susto foi gigantesco, quase caí da mesa onde era realizado o exame. E olha que nem tão estreita ela era. Não sabia o que esperar.

Mas, o que está feito está feito, não dá para voltar atrás.

"Deus quis assim, Jô. Você será capaz, estava escrito".

"Você tem de agradecer. Poderia ser três ou quatro". Acho que alguém leu *Pollyanna*.

"Paciência, Jô, conte até mil".

Era isso que eu ouvia de todos à minha volta mesmo, e principalmente de mim mesma. Mas, o desespero era grande. Grande só não, era gigante.

Aí começa a nova preparação, só que tudo em dobro.

Achei que, por não ser mais mãe de primeira viagem, seria mais fácil, mas o trabalho aconteceu todo em dobro. Dormia parecendo uma leitoa com a barriga para cima e uma teta para cada lado, dando de mamar a dois porquinhos.

Todo aquele cansaço que senti com o Júnior foi fichinha perto do que passei com esses dois bezerros.

Enquanto um mamava, arrotava e dormia, o outro acordava, chorava, fazia cocô, tomava banho, mamava, arrotava e dormia; e o outro acordava, chorava, fazia cocô, tomava banho, mamava, arrotava e dormia; e o outro acordava... um ciclo sem fim.

Os primeiros meses foram desastrosos; olhava-me no espelho, no pouco tempo que havia para isso, enquanto fazia xixi, e via uma mulher, ou melhor, um ser qualquer de cabelos oleosos, presos em um coque malfeito, com fios espalhados para todos os lados. Uma olheira gigantesca, devido às noites mal dormidas, e olhos murchos. O rosto pálido, pois dois bezerrinhos me sugavam toda a energia, e com manchas de melasma, que ganhei nessa segunda gestação. E magra — alguma coisa boa tem de existir em toda essa história; nunca fui tão magra assim.

Mas, depois o sofrimento inicial foi passando, e aqueles sorrisinhos e olhares encantadores fazem-nos esquecer de tudo e nos derretem.

Sorrisos, chocalhos, passeios, mamadeiras, frutinhas, babador, dentinhos e diarreia, chupeta, papinha, "achô", fugas e brigas e choro na troca de roupa, mordidas, carrinhos, pano de boca, entre outras coisas. Tudo isso em dobro.

Depois vêm dores nas costas, na hora da troca de fraldas. Dores nas costas, quando estão aprendendo a andar. Dores nas costas, quando querem brincar de cavalinho. Dores nas costas para carregar suas bolsas. Dores nas costas para carregá-los no colo quando dormem e estamos na rua.

E, quando crescem, vocês acham que as dores cessam? Engano seu. Elas só mudam de lugar: as dores são na cabeça.

V

Era manhã de sábado. Programei-me para sair cedinho de casa. Teria, no mínimo, duas horas de viagem, pois como não conhecia o caminho, era melhor dirigir com cautela.

Nunca tinha ido até lá antes, embora seja uma cidade a que muitos procuram pelo sossego que traz e por não ficar tão distante, pensando no turismo, dos grandes centros urbanos, onde moro. Tinha ouvido falar que a estrada era perigosa, dadas as inúmeras curvas que faziam parte da serra. Então, era melhor sair com antecedência. Ainda mais por eu estar sozinha. Minhas colegas de escola não poderiam ir. Embora demonstrassem interesse pela palestra, e fosse obrigatória a presença, a Ana tinha casamento de uma prima à noite, consequentemente teria visita em casa e ainda tinha manicure marcada. A Roseli tinha aniversário do filho, para o qual eu havia sido convidada, e meus filhos estavam ansiosos por ir, pois a festa seria em um salão requisitadíssimo, conhecido pela criançada por ser cheio de brinquedos. Eles adoravam esse salão. Saí para a palestra já com a recomendação de chegar a tempo para a festa. E lá iria eu, dirigir sozinha, a caminho de uma cidadezinha do interior, enfrentando uma estrada desconhecida e perigosa.

Estava ansiosa por essa viagem. Apesar da reclamação do início, vi nela uma possibilidade de me afastar um pouco de casa, deixar a responsabilidade da organização somente para o marido, ainda que eu tivesse preparado uma lista com orientações para ele executar. Por que será que nós, mulheres, não temos confiança em deixar a programação de uma casa na mão de um homem? Arrisquei pensar que a cabeça estaria mais tranquila durante todo um dia, após ter feito essa programação; estava tudo ali, tim-tim por tim-tim. Era só seguir o passo a passo que tudo daria certo.

SAPATOS

Era baile de primavera. Um dos mais esperados durante todo o ano. A música estava ótima! A banda que tocava era formada por colegas nossos, e minha irmã e eu dançávamos feito duas loucas, como sempre acontecia nos bailes a que íamos juntas. Não estávamos nem um pouco preocupadas com o que pensariam de nós, o importante era dançar muito e nos divertir. De repente, no meio daquela bagunça toda, senti um olhar sobre mim. Sabe aquela sensação estranha de que, mesmo sem ver, você sabe que alguém te olha? Isso acontece muito quando eu estou reparando em alguém — pois é, a senhora certinha também repara nos outros —, e a pessoa olha, e você não sabe onde enfiar a cara. Era essa a sensação que tive naquele momento, porém inversamente. Era alguém que reparava em mim. Também, como não reparar se, como disse, dançávamos feito loucas? Deveria ser alguém a me criticar. Mas, estava ficando incomodada com aquele olhar; era melhor eu encarar logo e mostrar o quanto estava incomodada com aquilo. Olhei para o lado, e havia um rapaz alto, de porte esguio, cabelo penteado para o lado e com um pouco de gel para que todos os fios permanecessem no seu devido lugar, com cara de carente, igual a cachorro vira-lata que precisa de carinho.

Não resisti. Aquele era o tipo de pessoa por quem eu sempre me atraía. A cara amarrada com a qual me virei tentando assustar o/a idiota que estivesse me olhando desmanchou-se em um sorriso bobo e todo envergonhado.

Comecei a olhá-lo também, e depois de algumas paqueradas já estávamos jogando conversa fora, e um clima a mais rolava entre nós. Estava me sentindo dentro daqueles filmes românticos em que as luzes do salão se apagam e fica somente um foco sobre o casal, que dança e rodopia por toda a extensão do lugar. Era isso que estava acontecendo, porém com um pouco mais de realidade. Até que rolou um carinho. Suas mãos deslizaram pelo meu rosto, e seus dedos entrelaçaram-se nos fios de cabelo que caíam em minha face, colocando-os atrás da minha orelha. Seus movimentos e seu olhar penetrante provocavam-me imensamente. Nossos lábios foram se aproximando, se aproximando, e quando quase se tocavam, meu celular começa a vibrar, quebrando aquele clima criado com tanta perfeição. Tentei ignorar, mas o barulho era insistente demais.

Durante o momento de alguns segundos e sorrisos sem graça, queria matar quem tinha me ligado. Sorria, mas pensava: "Puta que pariu! Quem será que está me ligando a esta hora? Maldita hora em que deixei meu celular ligado. Por que é que tinha de ser agora?" O celular, além de vibrar, começou a tocar, e tocava sem parar, e eu, como uma pateta, não encontrava a "porra" do celular, ficava procurando, procurando e nada. Apalpava-me inteirinha caçando em todos os bolsos possíveis e impossíveis, e *trimmm, trimmm, trimmm*, ele não parava de tocar, e eu não o encontrava.

Até que o encontrei.

Merda! 6h15 já, estou atrasada!

Somente em sonho mesmo eu teria falado tantos palavrões.

Desliguei o despertador e me levantei em um só pulo: senti até a minha coluna gritar. Já não tenho mais a mesma idade e já não posso mais saltar da cama como uma adolescente inconsequente que sai correndo atrás de qualquer novidade, toda alvoroçada e aos berros. Na minha idade atual, é necessário virar meu corpo todo de lado, apoiar as mãos à frente dele, descer devagar as pernas fora da cama e me sentar. Espreguiçar-me, fazendo um alongamento básico, e somente depois de todo esse ritual, levantar-me. (Se você leu essas orientações a uma velocidade maior que a velocidade que acontece uma aula de yoga, por favor, retorne e releia vagarosamente, fazendo jus à velocidade com a qual é necessário nos movimentarmos nessa idade). Isso tudo depois de dormir de lado, com um travesseiro que se encaixa de forma perfeita no espaço localizado entre os meus ombros e meu pescoço, além dos travesseiros entre as pernas e os braços, que ajudam a deixar a coluna reta. Meu marido às vezes se sente traído, pois meus travesseiros recebem mais atenção que ele mesmo. Mas, hoje eu não tenho todo esse tempo, preciso correr, senão chegarei atrasada ao trabalho. No serviço, tomo um relaxante muscular, e tudo ficará bem.

Mas, o sonho estava tão bom! Queria poder dormir mais para continuá-lo.

Acho que hoje terei de subtrair o banho da minha preparação. Levantei os braços e dei aquela conferida de leve para saber qual o nível de odor das minhas axilas. "É, dá para suportar até o fim do dia, e um perfumezinho ajudará a disfarçar". Nem será preciso entrar em um banheiro público e, após olhar para um lado e olhar para o outro e ver que não há ninguém por perto, esfregar o papel toalha ou tentar lavar com sabonete líquido para ver se o cheiro diminui um pouco.

Tomei café pela boca e pelo nariz. Eu tinha de ser muito rápida. E o beijo não aconteceu — que pena! Gostaria de saber como seria o beijo daquele gato. Putz! Queimei minha boca. Bem-feito! Quem mandou ficar se distraindo com pensamentos tolos? Adoro café quente, mas quando estamos com pressa, ele não serve. Sempre acabo me queimando. Corri para escovar os dentes e trocar de roupa. Faltavam somente dois minutos para dar o meu horário. Vai dar tempo, vai dar tempo. Agora só faltam os sapatos. A maquiagem eu faço enquanto o carro estiver parado no sinal. Abri a sapateira, e lá no fundo respiravam, isoladas e confortavelmente, botas de cano longo com saltos de 12 centímetros e bico fino, que eu usava antes da minha lordose, e um pé de uma rasteirinha amarela que ganhei da minha irmã no amigo secreto do ano passado. Onde estavam os meus sapatos? Lembrei que, por causa do cansaço e um pouco de preguiça, eu não os guardara, durante, deixe-me ver, uma semana, talvez mais, e fui deixando todos embaixo da cama. Às vezes a senhora certinha comete alguns deslizes. Há pouco tempo eu tinha lido sobre se concentrar em coisas que realmente são importantes e dar mais valor a elas. Não se apegar tanto às coisas materiais e relaxar um pouco, e acho que está funcionando. A minha casa está uma bagunça!

Enquanto isso, meu marido dormia o sono mais profundo e rejuvenescedor que já vi. Por que os homens dormem de forma mais tranquila que as mulheres? Nem sei quanto tempo faz que não durmo uma noite inteirinha, sem sonhos a me perturbar! Tudo bem, ele trabalhou até de madrugada, mas... Eu não podia acender a luz, iria acordá-lo, embora seu sono fosse de pedra! Abaixei-me e estiquei meus braços apalpando meus sapatos, pelo menos aqueles que eram alcançáveis, e consegui encontrar um par.

Calcei-os, peguei a bolsa e saí. Chave do carro? Confere. Documento? Confere. Bolsa de serviço, cheinha de tralhas? Confere. Estou pronta!

Peguei um pacotinho de bolacha de amido de milho para comer pelo caminho, pois, ao contrário dos filmes americanos, em que toda mulher apressada passa no café e sai com uma caixa de rosquinhas e um café expresso, aqui no Brasil o costume não é esse, e eu nem gosto de café expresso.

As migalhas da bolacha espalhavam-se todas pelo banco e pelo carpete do carro, enquanto as devorava. Droga! Chegando em casa terei de aspirar todo o carro antes que meu marido veja, senão ele poderá ter um ataque e cair durinho. O carro é o seu docinho, seu bibelô! Tô lascada!

Primeira marcha, segunda, carros andando, para na esquina, olha, olha outra vez, segue, semáforo, 30 segundos, espera, espera, espera, abriu! Agora vai, outro semáforo, crianças atravessando a rua, pessoas com cachorro, menino de *skate* passa na frente, cuidado, anda, anda, freia, seta, breca, chegou. Tem gente parada na rua, bem onde sempre paro o meu carro; terei de estacionar mais longe. Dá para tirar a bicicleta da frente? Encosta, desce, pega bolsa, pega sacola de materiais, caixas. Tudo pronto, fecha o carro. "O farol está aceso", alguém diz. Apaga o farol e fecha o carro novamente.

Tudo pronto para começar a aula. "Bom dia, crianças!" — espero mesmo acreditar em um bom dia. Após tudo organizado, percebo uma mão a me puxar e chamando:

— Tia, tia, o seu sapato!

— O que tem o meu sapato? Está sujo? Deve estar mesmo, deve ter até teias de aranha. Também, faz mais de uma semana que a minha casa não sabe o que é uma vassoura!

— Tia, olha!

— O que é? Agora não posso. Deixe-me colocar minhas bolsas sobre a mesa e receber os demais alunos.

— Tia, é um de cada cor!!!!

Tinha aproveitado uma promoção de queima de estoque um tempo atrás, e, quando aqueles sapatos se encaixaram perfeitamente em meus pés, e não consegui decidir sobre qual par levar, aproveitei e logo comprei os dois. Um deles era azul-marinho de fivelas prateadas; e o outro, preto de fivelas douradas.

Terei de suportar esse mico hoje o dia todo. Aff! Nem vou sair para o intervalo para não passar vergonha. Prefiro sentir fome a ter de dar explicações sobre o ocorrido. E espero que ninguém venha até a minha sala, muito menos me requisite para sair dela. Na saída, esperarei a leva das professoras requintadas, elegantíssimas, chiquetosas em seus saltos altos e echarpes pegarem o caminho de casa e somente depois disso me dignarei a sair do meu refúgio. Já tinha tudo organizado na minha cabeça para tentar diminuir o vexame do dia e não ser lembrada eternamente como a professora maluca dos sapatos trocados.

Acho que o que eu queria mesmo é ser um pouco parecida com a garota dos meus sonhos que não se importava nem um pouco com o que os outros pensavam sobre ela. Será que um dia conseguirei ser assim? Ou isso é coisa de adolescente, e meu tempo para usufruir dessa liberdade já passou?

VI

Levantei-me naquela manhã com o ânimo renovado. Seria ótima a oportunidade de sair sozinha, sem o barulho da criançada brigando por lugar no banco traseiro. Ninguém nunca queria se sentar no meio, pois não tinha como encostar a cabeça no vidro lateral e deixar aquela mancha de cabeça suada e baba marcada no vidro, muito menos escrever sobre ele quando estava embaçado pela neblina. Essa era sempre a primeira briga. Depois vinha a reclamação de que um estava encostando no outro ou que o outro não parava quieto e não o deixava dormir, ou que o cotovelo de um cutucava o outro etc., etc. A única coisa que os distraía um pouco era contar quantos carros passavam, mas essa brincadeira logo acabava, pois um nunca aceitava a contagem do outro, e eram xingamentos, e provocações, e gritos que não acabavam mais. Ou seja, há muito tempo não faço uma viagem tranquila, e esta seria uma ótima oportunidade.

Fui até o banheiro, abri o registro da água, que de início caiu gelada, causando arrepios no meu corpo todo, mas que aos poucos foi esquentando, saindo um vaporzinho gostoso e aconchegante. A água quente que escorria foi me trazendo um conforto, senti-me abraçada como há muito não sentia. Sequei-me. Vesti meu roupão e fui até a cozinha tomar meu café da manhã. Alimentei-me bem, pois não sabia a que horas comeria novamente. Peguei a bolsinha de maquiagem, já surrada pelo tempo de uso, abri-a: ali estavam os pertences que me tornavam fisicamente a senhora certinha. A base que escondia as manchas de idade era a mais usada. Era tudo sem exageros. Sombras no tom *nude* e batons discretos imperavam ali há alguns anos. Fui até o guarda-roupas. Abri-o, e as roupas quase despencaram no chão — era preciso uma arrumação urgente, não daria para esperar até o próximo fim de semana. Quando eu voltasse da viagem, teria de arrumá-lo. Quem sabe desta vez eu consiga descartar algumas roupas que não são usadas há séculos? Sempre que organizo o guarda-roupas, acho que se eu descartar algo, esse algo me fará falta depois. Então, acabo dobrando melhor as roupas, e tudo continua ali, intacto. Vesti-me com uma roupa bem bonita e não me esqueci de colocar uma camiseta reserva na bolsa, caso esquentasse muito e manchas enormes de suor fizessem grandes círculos molhados sob meus braços, ou algum imprevisto acontecesse, como uma lata de cerveja inteira tropeçar em você numa festa, embora eu não estivesse indo à festa nenhuma.

Ah! Quanto tempo faz que eu não me arrumava assim?

Com todos dormindo, pude fazer tudo com calma. Estava me sentindo bem, com disposição para me arrumar. Sentia-me renovada.

Saí de casa, dirigi até fora da cidade e só aí percebi que, embriagada pelo meu ânimo juvenil, não conferi os itens necessários do carro, como água, óleo, pneus, para se fazer uma viagem mais longa. Essas conferências sempre ficavam sob responsabilidade do marido. Nas viagens, era a única preparação pela qual ele se responsabilizava. O restante ficava por minha conta. Olhei no marcador e percebi que meu marido não tinha abastecido o carro como eu lhe havia pedido. Tinha tido reunião na escola até tarde e havia pedido esse favor para ele.

— Ah, Jô! Parece até que você não sabe como funciona? Quando você pediu a ele, ele estava na frente da televisão e, embora tenha concordado, ele mal a ouvia. Que droga! Por que será que eu não sou capaz de deixar a organização de uma casa nas mãos dele, hein? Agora está respondida a sua pergunta, Jô? — falei alto, respondendo a mim mesma.

SENHORA CERTINHA

Terei de procurar um posto para abastecer no caminho. Mas, acredito que o tanto de combustível que ainda tem seja suficiente para chegar lá. Assim espero! Combustível de postos à beira de estrada é sempre mais caro, mas fazer o quê, né? É a única solução que temos.

DELÍCIAS DO SUPERMERCADO

Depois de um sábado agitado de faxina, manicure, cabeleireiro, depilação, (mesmo usando calças todos os dias devido à temperatura, e sofrendo uma dor excessiva, pois com frio dói mais, há um momento em que não dá para fugir, e fazer depilação torna-se algo indispensável), consegui observar esta manhã linda de domingo. Coisa rara, muito rara de acontecer.

Tomei meu café da manhã e fui até o *freezer* procurar alguma carne para descongelar e fazer para o almoço. Precisava ser algo fácil, pois, devido à correria do sábado, não foi possível retirar a carne e temperá-la antecipadamente, e carne assada mal temperada ninguém merece.

Abri o *freezer* e pouca coisa apareceu lá. Havia um pouco de bacon e um pedaço de carne de porco que daria um belo assado, porém não seria o ideal hoje. Pediria ao marido para que fosse ao açougue e trouxesse algo e depois veríamos o que faríamos na semana.

Abri o armário a procurar algum acompanhamento para a carne e fui observando que tudo estava no fim. De macarrão havia uma quantidade suficiente, porém não havia molho. De óleo só havia um fio. Também faltava farinha, margarina, feijão, biscoitos para o lanche da escola, detergente... É, não ia dar para fugir do supermercado, teria de enfrentar esse suplício.

Suplício? Você deve estar se perguntando: por que será que para essa louca ir ao supermercado é algo tão desastroso?

São dois os meus principais motivos. O marido e as pessoas.

O marido, às vezes, dá para despistá-lo e ir sozinha, mas as pessoas, impossível ignorá-las.

Acho que meu marido não gosta muito de fazer compras, nem de estar no supermercado. No entanto, ele sempre insiste em ir — não consigo entender. É pisar no supermercado para seu semblante se fechar, fica com um mau humor irritante. E é pisar fora dele, e ele se transforma, chegando a fazer piadinhas. Só que aí quem está de mau humor sou eu, e as piadas quero mandá-las à merda com o dono.

Quando as crianças eram menores, tudo era pedido, e era um falatório só: "Mãe, posso comprar isso? Posso comprar aquilo? Quero isso, mãe. E eu quero isso". E no meio desse falatório todo, havia o marido, que não ajudava a dizer "não" e ainda me cobrava o silêncio das crianças, como se fosse eu a única a ter de educá-los. As crianças só paravam de pedir, quando brincavam entre os corredores. O que deixava o senhor "patrão" mais bravo ainda. Era impossível refletir e pensar sobre quais produtos faltavam em casa e o que era necessário comprar. Nem mesmo uma lista ajudava, pois me perdia na leitura dos produtos por causa do falatório. Quantas e quantas vezes cheguei em casa e, ao guardar a compra, percebia que o necessário não havia sido comprado e havia excesso em outras. Certa vez, comprei sabão em pó, porém já havia três caixas em casa, de dois quilos cada. Tudo bem que somos em cinco pessoas e há muita roupa para lavar, e sabão em pó não estraga, porém não era necessário tanto assim, e já não havia nem espaço para guardar as caixas dentro do armário de limpeza.

Num outro dia, estávamos na fila do caixa, e as crianças estavam em polvorosa. Era o Júnior querendo mais um chocolate, e os pequenos brigando pelo lugar no carrinho. São muito bons aqueles

carrinhos de supermercado projetado paras as crianças ficarem e se distraírem brincando com o volante e os pedais, porém, quando se tem mais de uma criança, é uma tortura. Bem... estávamos na fila, e o marido estava tranquilo, o que era de se estranhar, e muito. Até rindo ele estava, enquanto eu me descabelava toda. Então, ouvi seu chamado. Ele insistia para que eu visse o que ele tinha visto no celular. Ver vídeo em um supermercado? Eu mal tinha olhos para não deixar que as crianças se enforcassem. Mas, veio ele me mostrando um vídeo em que uma pessoa rolava escada abaixo, depois de tropeçar em algo, e ele ria com isso, e esperou que eu risse também. Olhei para ele incrédula, não era possível que ele estivesse fazendo isso comigo. E ele, ao ver minha expressão, ainda foi capaz de me dizer que eu não tinha senso de humor. Em um outro episódio, ele também não estava de cara amarrada. Sabe por quê? Estava jogando no celular. É de amargar, não é?

O outro motivo de não gostar de ir ao supermercado são as pessoas. É possível encontrar todo tipo de pessoa em um supermercado. Desde crianças chatas, como as minhas, e aí quando juntam todas em um corredor só, é de lascar, dá vontade de sair dali rapidamente fingindo não as conhecer; até velhinhos simpáticos que já estão aposentados a uma eternidade, têm todo o tempo do mundo para fazer suas compras com sossego e querem bater um papo com a gente, e para não sermos mal-educados, damos um pouco de atenção a eles enquanto os filhos derrubam quase tudo que veem pela frente.

Também há os atendentes que, quando pedimos quatrocentos gramas de queijo, colocam um ar de superioridade no rosto e com gosto imenso nos perguntam: "Ah! A senhora quer *quatrocentas* gramas, é isso?" Às vezes, repito o meu pedido, colocando novamente a quantidade no masculino. Às vezes, só balanço a cabeça concordando, para não entrar em mais detalhes, mas a vontade é sempre a mesma. Vontade de dizer: "Meu bem! Grama, abreviação de quilograma, embora termine com a vogal A, é uma palavra masculina, por isso eu pedi *quatrocentos*. Não precisa tentar me corrigir, não, tá? Se eu lhe pedir *quatrocentas* gramas, você terá de ir ao jardim e colher quatrocentas folhas de grama, para atender fielmente ao meu pedido. É isso que você quer?" Mas, não faço, pois sou uma pessoa que não seria capaz de humilhar ninguém, ainda que ele tenha o prazer de me corrigir.

Há também aqueles que não sabem o que vão pedir ao atendente. Pedem a ele todas as carnes do balcão para verem como estão e levam meio quilo de coisa nenhuma.

Agora o cúmulo aconteceu em uma das raríssimas vezes em que fui ao supermercado sozinha. Aproveitei a volta do trabalho e dei uma passadinha lá antes de pegar as crianças. Eu estava já na fila do caixa, pronta para ir embora, livre de estresse, além do acumulado no serviço, quando de repente senti uma batida forte em minhas costas, como se eu estivesse apanhando; quando olhei para trás vi uma criança correndo com uma bola dentro de uma sacola e rindo muito. Levei uma bolada nas costas. Apanhei sem nem saber o porquê, nem por onde, e fiquei totalmente sem reação. E ainda tive de aturar os olhares de reprovação da moça do caixa, que achou que a criança era minha e eu não a tinha educado corretamente.

Odeio supermercados!

VII

A viagem corria bem, mas nada de posto de combustível à beira da estrada. Até passei por um, mas era do lado contrário da pista, e não seria prudente atravessá-la, por isso fiquei aguardando, esperando encontrar um outro que se localizasse do mesmo lado em que eu estava. Logo à frente avistei uma placa dizendo que o meu destino estava a 1 km. Assustei-me, pois tinha sido bem mais rápido do que eu imaginava. Tinha calculado o dobro do tempo para chegar até ali, mas lá estava a entrada, sim. Era uma saída da estrada principal. Apressei-me a dar seta no carro para anunciar a minha manobra. Tenho pavor dos motoristas que não fazem uso desse recurso ao virar uma esquina, como se nós, outros motoristas ou pedestres, fôssemos adivinhos para saber o que querem fazer. Fui reduzindo a minha velocidade e adentrei nessa outra estrada, onde encontrei outra placa informando que o meu destino estava a "somente" 40 km dali. Aff! Era bom demais para ser verdade. Vamos lá, Jô, paciência é uma virtude!

Desse ponto em diante, a estrada afunilou-se, e em determinados momentos o afunilamento era ainda maior, cabia somente um carro na pista. Se eu encontrasse outro carro, estaria perdida, pois teria de dar ré — e confesso que fazer essa manobra em uma estrada tão apertada e perigosa me mete medo.

Sei que nas últimas décadas houve um avanço gritante na conquista do espaço feminino, tendo em vista um espaço que era de domínio masculino. E na direção de um carro, a mulherada invadiu mesmo esse espaço. Quando se sai na rua, a quantidade de mulher dirigindo supera a de homens, principalmente em domingos após bebedeiras. Mas dar ré sempre foi uma preocupação feminina. Acho que falta a nós, mulheres, brincar mais com carrinhos quando criança. Foi difícil entender por que se virava de um lado o volante e o carro se movia para o outro lado. Senso de direção nunca foi meu forte.

Lembro-me de, quando criança, ir à casa de uma senhora conhecida de minha mãe que morava ao lado de uma escola — achava aquilo o máximo, morar ao lado de uma escola era fascinante. A casa era grande e tinha muros altos, mas quando eu estava no quintal, eu conseguia me perder. Eu não era capaz de identificar de que lado ficava a escola e de que lado ficava a vizinha que diziam ser a mais chata do mundo. Depois dessa história, dá para se ter uma noção do porquê eu não conseguia, como o meu marido, imaginar a casa pronta naquele espaço de terreno, quando o compramos.

Naquela estrada estreita passam alguns carros; ela não é nem um pouco deserta, apesar de seu tamanho e espessura. Passa caminhão de boi, caminhão de eucalipto, trator, carroça, motos carregando trabalhadores rurais, manadas de boi, "cachorro, papagaio, periquito", mas posto de combustível mesmo nenhum. Arrisquei-me a parar onde dois moradores rurais estavam a conversar e perguntar-lhes sobre o posto de gasolina. E qual foi a resposta recebida? "Ah! Só lá na cidade agora, moça!" "E falta muito?" "Não, não, é logo ali!" O logo ali demorou quase uma hora naquela estrada difícil.

Enfim, cheguei. Até que era uma cidade bonitinha. Minúscula, mas bonitinha; era tudo limpinho e organizado. Será que as pessoas daqui são mais educadas e não jogam lixo no chão ou será que é o serviço de limpeza que é tão eficiente que esconde a deseducação de seres humanos desprezíveis? Até o cheiro era diferente. Há muito não sentia aquele aroma. É até possível distinguir cada cheiro e identificá-lo.

A cidade já estava cheia de carros estacionados para todo lado. Perguntei a uma criança que passava onde ficava a escola... Como era mesmo o nome? Fiquei tentando me lembrar do nome da escola, enquanto procurava a anotação em meu celular. Essas falhas de memória têm sido bastante frequentes. Será que devo procurar algum especialista ou isso é normal? Fazer palavras cruzadas já vai ajudar?

— Aqui só tem uma escola, moça! — falou o menino, já pronto para me indicar o caminho. Se eu subisse o morro e virasse à direita, eu já a enxergaria. Ele também me disse que era melhor eu estacionar ali mesmo, pois as ruas estavam cheias de carro. Estava ali contando quantos carros e vans havia na cidade, e já tinha chegado a um número superior a cem, mas perdeu a conta quando fui falar com ele, e teria de começar a contar de novo.

Desculpei-me com ele e o agradeci. Peguei minha bolsa e fechei o carro, liguei o alarme, mas o menino interveio e me disse que, se quisesse, eu poderia deixar o vidro aberto para não esquentar tanto e, como não choveria naquele dia, eu poderia ficar tranquila, não teria problema de molhar.

Olhei bem para ele, sem entender por que ele me dizia isso, e optei por manter o carro fechado mesmo. Quem em sã consciência deixaria o carro aberto em uma cidade desconhecida, ou mesmo conhecida? Eu é que não. Paranoica como sou, sou capaz de trancar e retrancar várias vezes para ter certeza de que está tudo certo. Chega a beirar ao TOC. Ou será que isso é TOC, e eu só trato como precaução?

Subi o morro, mas nos últimos metros parecia que eu nem pernas tinha mais. O morro era enorme! Acho que, se eu morasse ali, eu nem precisaria de academia, seria desnecessário ficar subindo e descendo nas pontas dos pés para ficar com a panturrilha firme. Era só subir esse morro uma vez por dia, e o exercício diário já estaria concluído.

Como o menino havia me dito, a escola estava à direita mesmo. Cheguei lá, e o primeiro lugar que procurei foi um bebedouro.

SENHORA CERTINHA

Estava com a garganta imensamente seca, devido à subida. Senhoras certinhas normalmente não utilizam bebedouros públicos, e muito menos os sanitários. Quando os filhos resolviam utilizá-los, eu quase "tinha um treco", e fazia um sermão extenso sobre os perigos desse uso. Mas, como ali não havia nem um barzinho ou lanchonete que me pudesse vender uma água mineral engarrafada vinda de uma fonte termal com propriedades medicinais, tive de passar por cima dos meus preceitos. Sem contar que ninguém estava me vendo fazer isso. Nem pensei muito. Enchi minhas mãos de água e me deliciei com o frescor trazido por ela.

A PIZZA

  Sábado à noite. Uau! Chegou o dia mais esperado da semana. Dia de baladas e bebedeiras para os mais jovens ou, para aqueles adultos que se consideram como tais, dia de passeios ao *shopping* com a família, dia que casais de namorados adolescentes vão aproveitar o escurinho do cinema e tomar um sorvete de marcas famosas que dominam o comércio de *fast food*, dia de altas festas de aniversário, casamentos, espetáculos teatrais, futebol e *shows* com artistas famosos. Dia de aproveitar ao máximo, pois domingo dá para descansar e começar tudo novamente na segunda-feira. Coitada da segunda!

  Sábado à noite. Uau! Mais uma noite em que permanecíamos em casa. Um dia mais do que normal, para quem é casada e depende de horários de serviço de outras pessoas. O marido trabalha por turnos, 6x2, seis dias de trabalho e dois de folga, e folgas no final de semana, aos sábados e domingos, coincidindo com as minhas, acontecem somente a cada seis semanas, então viagens são quase impossíveis. Passeios curtos até acontecem mais frequentemente, mas viagens mesmo são raras. Bem, era sábado à noite, e não sairíamos, pois eu não acho justo passear enquanto alguém da família trabalha, por isso ficaríamos em casa e, no máximo, pediríamos uma pizza. Confesso que não gosto muito de comer lanches tipo *fast food*, procuro sempre manter uma alimentação saudável em casa, com comida boa na mesa e muitos legumes empurrados goela abaixo das crianças até que aprendam a comer. Faz bem para a saúde? Então, é para comer. Mas, às vezes extrapolo esse meu limite, consigo superar o nível alimentício da senhora certinha, toda regrada, e permito a entrada de um item estranho ao nosso estômago. E hoje foi dia de pizza.

    As crianças se deliciaram. Apesar da pizza, fiz um suco natural, pois, para refrigerante, o meu nível de extrapolamento teria de estar elevadíssimo, o que não acontece nunca. Há sempre algo que não consigo deixar de controlar. E pizza, por mais que esporadicamente entrasse no cardápio, era sempre de sabores com vegetais, só era permitido entrar vegetariana, de brócolis, palmito, rúcula, uma portuguesa talvez, por causa do ovo. Calabresa? Nem pensar! Sorte das crianças que as pizzas brasileiras não se parecem com as americanas, senão nunca eles teriam a possibilidade de colocar uma na boca, nem mesmo para prová-las, pelo menos enquanto eles morarem debaixo do mesmo teto que eu. Quando bebês, eu queria morrer ao pegar um adulto cedendo/oferecendo uma bala/docinho para os meus filhos. Como ser educada numa situação dessa? Tentava, mas quando as pessoas eram insistentes, eu passava por arrogante e topetuda. Tentei privá-los do açúcar o máximo que pude, mas chega um momento em que isso já não se torna possível. Cheguei a presenciar momentos em que vi meus filhos pegarem escondido doces nas mesas de festas de aniversário.

    Comemos e fomos assistir a um filme. Foi difícil encontrar um que fosse permitido às crianças e que o Júnior quisesse, mas conseguimos, e ele bem que se divertiu. Faço questão de manter a família unida nesses momentos, apesar das reclamações do mais velho, que só quer ficar no celular a ver vídeos e conversar com os colegas. Depois do filme, todos já estavam cansados e com sono. Aí vem a maratona de preparação para ir dormir. Fazê-los escovar os dentes é um sacrifício. E quando estão com sono, então? É mandar, e um enrolar aqui, fingir que está dormindo acolá, que às vezes tenho de ameaçá-los com o chinelo.

Quando eu estava começando a pegar no sono, e isso já era de madrugada, embora já tivesse me deitado no mesmo instante que as crianças, minha cabeça não parava de funcionar, e não conseguia dormir. Odeio pensar demais. Ouvi passos, alguém também não tinha conseguido dormir como eu ou talvez tenha tido uma dor de barriga devido ao queijo da pizza. A porta do banheiro abria e fechava, e instantes depois abria e fechava novamente. Não escutei o barulho da descarga. Quem será o porco que está deixando suas intimidades para outros verem? Depois uma torneira se abre, e o barulho do copo enchendo-se de água inunda o ambiente. Acho que a pizza deu sede em alguém. De repente, um grito desesperado:

— Mãe, mãe! — Alguém corre para o meu quarto. — Mãe, tem um bicho grudado em mim, tira, tira, tira.

Levantei-me desesperada, sem saber o que me aguardava, que bicho seria aquele — será que teria mordido, precisaria levá-lo ao hospital? O que estava atacando o Miguel? Acendi a luz, e, quando olhei as suas pernas, descobri que o bicho que o atormentava era um pedaço de fita adesiva que prendia a caixa de pizza para que ela não se abrisse no transporte do motoboy. Não sei como essa fita foi parar lá. Nem quem a deixou jogada na cozinha em vez de colocá-la no lixo.

Poderia ser algo engraçado, mas naquela altura da madrugada deu vontade é de puxar a orelha dele para que aprendesse a ser mais corajoso. Assustar-me dessa forma. Ao primeiro grito seu, achei que era um ladrão que tinha adentrado nossa casa. E o que poderia eu fazer ali sozinha com três crianças sob minha responsabilidade, ainda que o Júnior já não fosse tão criança assim? Ele era o que mais me preocupava; sempre queria dar uma de valentão, de machão, e achava que o mundo real é o mesmo dos seus jogos em que vidas podem ser recuperadas de uma hora para outra. Perdi o resto da noite de sono, logo amanheceria, o marido chegaria e eu teria de me levantar para fazer o seu café.

VIII

    A escola estava cheia de professores falando, falando e falando, parecendo um mercado de peixe, ou uma sala cheia de alunos retornando das férias. E nós ainda reclamamos quando eles não param de falar na sala: somos todos iguais mesmo. Logo cedo aquela algazarra! Mas, é mesmo muito difícil silenciar quando encontramos colegas, principalmente aqueles que há muito tempo não se veem.

    Nesse turbilhão de gente, nunca imaginei que encontraria uma colega da faculdade que há muito não via. Não tinha muita amizade com ela a ponto de fazer parte do meu círculo de amigos, mas nossa conversa serviu para nos distrair, enquanto aguardávamos o início da palestra. Ela, assim como eu, tinha vindo sozinha e estava meio perdida ali naquele local de encontro de amigos.

    Não demorou muito, e os microfones anunciavam o início da tão esperada palestra. Os professores foram se aquietando, porém muitos ainda não percebiam que estavam incomodando. Estavam tão envolvidos em seus assuntos que não conseguiam parar de falar. Até que começaram a fazer *psiu* para os lados, e esses atrasados aquietaram-se também.

    O palestrante foi anunciado por um rapaz de uns 20 e poucos anos, em seu terno todo alinhado e com um português e uma dicção perfeitos que me fizeram lembrar a voz de radialistas. No palco, adentrou um homem mirradinho, franzino, porém com uma voz potente que invadia o peito. Ele era daquele tipo de pessoa que não combina com a voz, mirradinho com um vozeirão, ou enorme com uma vozinha doce e aguda.

Nesse ponto é necessário contar a você uma história que aconteceu comigo um tempo atrás. Precisei ligar para um escritório de advocacia devido a um problema que tive com uma compra *on-line* que fiz, e fui atendida por uma voz suave como a de um anjo, a menina foi super educada e delicada comigo. Ao chegar ao escritório, havia duas recepcionistas no lugar, e, a julgar pela voz, dirigi-me diretamente à menor recepcionista. Apresentei-me e disse que tinha falado com ela anteriormente. Ao ouvir meu nome, a outra recepcionista, de mais ou menos 1,80 m de altura, dirigiu-se a mim com sua voz doce, meiga e delicada: "Foi comigo que a senhora falou". Fui preconceituosa, eu sei, mas a discrepância era gigante.

Enfim, o palestrante falou durante uma hora e meia, mas a palestra era tão boa e o assunto tão interessante que pareceu não passar de minutos.

Realmente, o cara era bom. Não era à toa que sua agenda estava lotada. Acabada a palestra, eu me sentia bastante renovada, cheia de ideias para aplicar em sala de aula.

Na saída, houve novamente aquela muvuca, e eu preferi esperar um pouco antes de me levantar do lugar, esperei até que o movimento maior passasse. Procurei minha colega, mas não mais a encontrei. Acho que ela saiu no meio do tumulto mesmo.

Quando sai à rua, ainda havia muito movimento de carros manobrando e pessoas andando pelo meio da rua. Estavam todos tranquilos. Acho que a palestra fez bem a todos.

Andei pelas calçadas e consegui observar as construções em torno da escola. A subida foi tão difícil que não tive essa oportunidade enquanto me dirigia a ela. Sempre gostei de observar as coisas, porém, com a vida corrida que hoje levo, não sei nem mesmo as cores das casas vizinhas à minha. Mas, hoje o espírito é outro. Realmente, essa cidade nos desacelera.

SENHORA CERTINHA

Cheguei até o carro, e ele estava um forno. Bem que o menino me avisara, mas arriscar, para mim, era impossível. Deixar o carro com os vidros abertos seria loucura. Mantive a porta do carro aberta por um tempo e liguei o ar-condicionado. Sei que não é o correto ligar o ar com os vidros abertos, muito menos as portas, mas não havia outro jeito.

Quando entrei no carro, lembrei-me do combustível. Eu precisaria abastecer, senão não chegaria nem à entrada da cidade.

GUARDA-CHUVA?

6h.

Relógio desperta.

Ai, até que enfim uma noite agradável! Poucos sonhos lembrados, sinal de que meu sono estava mais profundo, nas profundezas do subconsciente. Segundo especialistas, só nos lembramos de nossos sonhos quando estamos com o sono leve, já na fase consciente do sono. Consegui dormir uma noite inteirinha sem nem me dopar. Isso é uma grande evolução. Há muito tempo não tinha uma noite calma de sono. Quando não é filho que está doente e precisa ser medicado ou acorda passando mal no meio da noite, são os pensamentos e planejamentos que ficam aflorados. A cabeça não para de funcionar nem no momento de descanso, e, às vezes, é necessária uma droga, lícita, é claro, que me desligue do mundo e me faça dormir.

Bom dia, sol! Bom dia, dia! Um barulhinho na janela, *pic, pic, pic*. Hum! Não há sol. Está chovendo. Acho que a aula programada para hoje terá de ser revista. Ela foi pensada para acontecer na área externa à sala de aula. E sair da sala hoje será impossível. Putz! E agora? Que estranho ter chuva nestes tempos de frio! Mas, nada vai estragar o meu dia. Eu dormi bem. Estou me sentindo outra pessoa hoje! Então, bom dia, chuva!

Por causa da noite agradável de sono, estou com uma disposição invejável; gostaria de que todos os dias minha disposição fosse assim. Será que dá para fazer um pedido ao gênio da lâmpada, ou isso é um pedido muito complexo de se atender? Terei tempo de tomar um banho maravilhoso, um café da manhã que vai além da bolacha de amido de milho, e até tempo de respirar terei hoje!

Tudo pronto! Hora certa no relógio, sem atrasos; ao contrário, tempo com sobra. Pego a chave, os documentos, meu material da aula reprogramada, e lá vamos nós.

Coloco a chave no contato, giro, nada, nem um sinal. Bateria zerada, arriada, estrangulada, acabada! O rádio tinha ficado ligado à noite toda em *stand by*! E agora?

Consultei minhas anotações com os horários dos ônibus, e daria para pegar o ônibus de 7h15. Chegaria alguns minutos atrasada, mas avisaria na escola que houve um imprevisto, e imprevistos acontecem, não é? Hoje nada estragará meu dia.

Caminhei até o ponto de ônibus e consegui chegar a tempo de pegá-lo. Agora estou mais tranquila e nem precisarei dirigir, posso até observar a paisagem, embora a chuva atrapalhe um pouco com isso. Já sei, vou observar as pessoas e seus movimentos dançantes de guarda-chuvas. O carro é um recurso muito bom. Ele o dá uma certa liberdade de ir aos lugares que quiser na hora que quiser, sem precisar se programar com extrema antecedência, porém, ao dirigir, perdemos a oportunidade de observar o que está no caminho. Quantas pessoas, faixas informativas, comportamentos e até mudanças no visual físico deixei de enxergar por estar atrás de um volante? Peguei o fone de ouvido, programei o celular para tocar a minha lista de músicas preferidas, só as *tops*. Não as *tops* tocadas na rádio, que fazem sucesso e que todos escutam porque todos escutam e não querem ser diferentes. Mas, sim, as minhas *tops*, as que eu escolhi. Essa é uma outra coisa rara de acontecer, escutar músicas escolhidas por mim é algo que ultimamente só acontece em sonho.

No meio do caminho, a chuva começa a engrossar, fica cada vez mais forte e mais forte. "A sombrinha!", penso. Vasculho minha

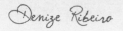

bolsa, e ainda bem que ela não tinha sido limpa, pois lá no fundinho encontro a "dita-cuja". Maravilha! Assim talvez me molhe um pouco nos pés, devido à força da chuva, mas não me molharei inteira.

Nunca entendi muito bem por que chamamos de sombrinha algo que usamos para guardar a chuva. É claro que, fazendo uma análise, o nome "sombrinha" deve vir da época em que objeto era utilizado pelas senhorinhas em seus passeios à tarde pelas ruas das capitais, para que não ficassem com a cabeça exposta ao sol. Porém, hoje raras são as sombrinhas que fazem sombras. Elas mais nos protegem é da chuva mesmo. Quando criança, não queria nunca usar um guarda-chuva, achava-o feio, sem graça, sombrio, gostava mesmo era do colorido das sombrinhas.

O ônibus chega ao meu destino, hora de descer. Agora é só uma pequena caminhada, e já estarei na escola, longe desta chuva que gela meu corpo. Talvez tenhamos poucos alunos na escola, pois em dias de chuva a preguiça de se levantar é bem grande.

Tomar chuva não é nada muito agradável em dias de frio. Lembro-me de uma tarde ensolarada de verão na minha adolescência, em que as pancadas de chuva são passageiras, mas muito fortes capazes de alagar qualquer lugar além da imunda São Paulo. Nós éramos então, adolescentes despreocupados com a vida e nem aí para o que uma chuva poderia causar, como um resfriado, por exemplo — depois que se tem filhos, qualquer chuvinha já é motivo de preocupação, pois se o resfriado pega, vem a tosse, os espirros, as dores no corpo, os choros, os médicos, os remédios; e além de serem caros, temos de estar atentos ao horário, o que é um saco, principalmente se a dosagem for de seis em seis horas, o que, consequentemente, traz noites mal dormidas —, entramos em uma enorme bica d'agua e aquilo foi maravilhoso, extremamente relaxante, embora naquela época eu nem precisasse relaxar. A casa tinha três andares, devido ao declive da região, e nós estávamos do lado de baixo, então a água da calha vinha com toda a força, despencando a, no mínimo, 15 metros, e batia em nosso corpo como se estivéssemos levando uma surra.

Esse dia era um dia em que estávamos ensaiando uma peça de teatro na escola. Íamos de um lado para o outro da cidade à procura de materiais para o cenário e de confecção de figurinos, mas aí o tempo começou a se fechar, nuvens escuras vieram a toda, e a chuva despencou, sem tempo para que pudéssemos nos esconder. Nem queríamos mesmo.

Que saudade desse dia! Queria ter de novo essa coragem, mas senhoras certinhas não podem se propor a tais aventuras. Isso é coisa de adolescente. Você agora é uma adulta, Jô.

De sombrinha na mão, a porta do ônibus abriu-se, e lá fui eu. Tive de pular a poça que se formou bem à porta na minha descida. Desci num pulo. Abri a sombrinha, mas o parafuso desprendeu-se, a sombrinha voou no meio da rua, ficou apenas o cabo em minhas mãos. Ouvi risos de dentro do ônibus. Não falei, mas pensei que o mesmo poderia acontecer com os piadistas que estavam rindo de mim. A raiva era tamanha que não contive maus pensamentos e desejos.

Não sendo isso suficiente, o ônibus acelerou e espalhou água para todos os lados. Fiquei encharcada! Agora sim poderiam rir à vontade. Pimenta nos olhos dos outros não arde mesmo, né?

É! Não era bem assim que eu imaginava tomar um banho de chuva. Acho que o meu sonho se realizou, mesmo contra a minha vontade. Se ao menos fosse uma tarde ensolarada de verão... Que droga! E agora, o que farei?

Respire fundo, Jô! Muito fundo! Fundo mesmo!

Conte até mil, se der tempo, é claro.

Nada vai estragar seu dia!!!! Ou será que já estragou?

Nesse dia, tive de recorrer a muitos jornais velhos, enrolando-os em meu corpo, para que o papel sugasse a água. A merendeira emprestou-me uma calça (ela ficaria de uniforme); e minha companheira de sala havia esquecido uma blusa dentro do armário desde o inverno passado. A calça ficou um pouco larga, a blusa cheirava a guardado e me fez espirrar o tempo todo de aula, e os jornais cutucavam os meus dedos dentro do sapato, mas essa era a única solução que tínhamos para o momento.

IX

Na confusão de vozes e abraços, as pessoas combinavam almoçar em um restaurantezinho que havia ali e era muito bom. Com certeza, elas já tinham visitado a cidade e muitas outras cidadezinhas mais. Diferentemente de mim. Provavelmente, adentravam seus respectivos carros com cestas de piqueniques às manhãs de domingo e saíam a vagar caçando um passeio bucólico para brincar com seus filhos. Ou pegavam as suas Harleys ou modelos parecidos, num passeio a dois, e se aventuravam montanha acima para sentir o friozinho da serra; ou montanha abaixo para ver o sol nascer de frente para o mar. Senti inveja delas. Como já disse, por motivos que vão além do meu querer, poucas são as vezes que saímos. Fico aqui esperando a minha aposentadoria; talvez depois dela, e com os filhos já criados, possamos nos dignar, o marido e eu, a nos aventurar em algo desse tipo.

Ouvir falar em comida fez-me perceber o nível da minha fome. Ainda faltavam duas horas até chegar à casa de volta. Olhei no relógio, e já eram 11h30. Não era à toa que o estômago reclamava.

Decidi ficar pela cidade mais um tempo e almoçar antes de pegar a estrada de volta. O aniversário era somente às 18h, então daria tempo de aproveitar um pouquinho mais a viagem. "Só espero que tenha comida para todos neste restaurante".

O restaurante ficava defronte a uma pracinha central, toda bucólica. Assim como a maioria das cidades pequenas, junto à praça havia uma igreja, cuja construção datava dos séculos XVIII e XIX. Provavelmente, a cidade se desenvolveu a partir da construção da igreja e das posteriores casas em seu entorno, para que seus fiéis pudessem frequentar a missa. Era bastante perceptível o período histórico ali presente. Os grandes donos de terra construíam seus respectivos casarões e tinham seu pedaço de terra mais perto da igreja para se manterem mais perto dos céus. Os que eram remediados financeiramente construíam suas pequenas e respectivas construções não tão distante da igreja, e eram usadas somente como ponto de estadia para irem à missa e terem um lugar para lavar seus pés sujos de barro após a caminhada de seu sítio até a cidade. Os que eram menos abastados construíam apenas casebres bem longe da igreja ou vinham diretamente de casa e chegavam todos sujos e vergonhosos por seus trajes, e nem adentravam o local, como se não fossem dignos de estar ali, diante de seu Deus. E os escravos da época eram "convencidos", por coerção psicológica ou física, a venerar um Deus que não era o seu. Com o passar dos anos, o comércio foi tomando conta do local, embora ainda houvesse moradores na região. Havia ali, além do restaurante, algumas lojinhas, o mercado e a delegacia de polícia. Tudo muito bucólico.

O restaurante era bem pequeno e simples, mas aconchegante. Havia mesinhas de madeira cobertas com toalhas de xadrez vermelho que me fez lembrar da minha infância, dos meus tempos de escola, em que os cadernos eram encapados com plástico xadrez. Gostava muito do xadrez amarelo, pois amarelo sempre foi minha cor preferida. Nossa! Nem lembrava mais que eu tinha uma cor preferida. Não tenho nenhuma peça de roupa com essa cor. Quando vou comprar roupa, procuro somente aquelas que não me destaquem no meio da multidão. As roupas neutras e comportadas imperam no meu guarda-roupas. Sobriedade é a palavra da vez.

Formou-se uma fila à porta do restaurante, e, como eu não tinha sido uma das primeiras a chegar, aguardei sentada na praça a fila diminuir. Algumas crianças brincavam de forma distraída por ali.

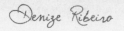

Acho que aguardavam a hora do seu almoço ou o grito de suas respectivas mães chamando-as para almoçar. Ou, quem sabe, eram filhos de proprietários dos comércios próximos. Fiquei pensando em meus filhos e na liberdade que eles não tinham. Eram raras as vezes em que eles brincavam na rua; e quando isso acontecia, a supervisão era constante, o que permitia a eles somente alguns escassos minutos de brincadeira, pois eu nunca conseguia ficar mais tempo que isso, fosse por afazeres, fosse por falta de paciência de ficar ali estática, ou pela presença de algum vizinho que se aproximasse e quisesse conversar contando fofocas de outros vizinhos. Sempre quando vinha alguma visita em casa e as despedidas eram mais demoradas do que eu gostaria, as crianças aproveitavam o momento e brincavam de forma desesperada, atropelando uma brincadeira e outra para dar tempo de brindar com tudo que eles previam.

Dois adolescentes tomavam um sorvete e se olhavam de um modo carinhoso. Acho que estavam em começo de namoro. A menina ria com qualquer fala do menino, e o menino falava o tempo todo, rodeando-a, mostrando-se para a menina, parecendo um pavão se exibindo, abrindo suas penas para formar o seu lindo rabo colorido.

Diverti-me com aquelas cenas. Fiquei pensando em mim ali. Acho que nunca mais me encaixaria em uma rotina como aquela de uma cidadezinha assim. "Como que as pessoas conseguem viver aqui? Já nem me lembro mais de como era".

Esse pensamento foi o que bastou para que eu me desligasse daquelas cenas e a realidade batesse a minha porta. Peguei meu celular para dar uma olhada em como estaria o pessoal lá em casa, só para não perder o costume. Mas, não tinha sinal de internet. Estava mesmo fora do mundo naquele lugar.

A fila diminuiu, e já havia espaço no restaurante para eu comer. Poucas eram as opções, mas tinha um feijão bem temperadinho e um arroz que... nunca havia comido nada parecido antes. Era tão saboroso! Não sei se era a fome; com fome, come-se até um leão e se lambem os beiços, mas aquela comida estava deliciosa!

SENHORA CERTINHA

Comi tudo e ainda sentia vontade de comer mais, mas uma mulher certinha como eu, que segue todas as regras, mesmo a de comer somente na medida sem exageros, não pode repetir o prato de comida. A ideia de ir a um rodízio e comer quanto se pode até a sua barriga estar empanturrada passa bem longe. Então, me contentei com o tanto que comi e que como sempre.

Saí do restaurante e fui buscar o carro. Agora estava na hora de ir. Não dava para protelar mais. A manhã foi boa, mas tem de terminar. Era somente abastecer e partir de volta à civilização, se é que podemos assim chamar.

Havia um senhor passando por perto do carro e pedi informação a ele sobre o local do posto de combustível.

— Olha, moça, é só descer esta rua e virar à esquerda, que você chega.

Já estava agradecendo e entrando no carro, quando ele prosseguiu com a conversa.

— Mas não adianta ir até lá agora, não.

— Não? — perguntei sem entender por que aquele homem me impedia de ir até o posto.

— É que o posto já fechou. Ele fecha todo sábado ao meio-dia e só abre de novo na segunda-feira de manhãzinha.

— O quê? — Meu mundo caiu! — Como assim? Aqui o posto fecha durante todo o fim de semana?

— Não. Durante todo o fim de semana, não. Ele só fecha sábado, depois do almoço; antes do almoço ele funciona.

Depois dessa fala do senhor, minha vontade era de enforcá-lo, mas me forcei a agradecer com um sorriso falso no rosto.

"O que vou fazer agora? Todos já tinham ido embora".

Fui até o senhor novamente, que já estava quase na praça e ficaria ali o resto da tarde jogando papo fora com seus amigos, pois não tinham nada a fazer, e lhe perguntei o que faziam em caso de emergência. E ele disse que ninguém deixa acabar o combustível até o fim, e se por um acaso não conseguirem abastecer durante a semana, vão até a entrada da cidade e abastecem lá em um posto da estrada.

— Mas, quando vim da estrada não vi nenhum posto! — falei, incrédula.

— É que o posto fica a 50 metros depois da entrada da cidade, logo depois da curva.

"Não acredito!"

Sentei-me no meio-fio, pois minhas pernas bambearam. Precisaria de um tempo para processar tudo aquilo e de um tempo maior ainda para aguardar a minha raiva passar. Enquanto processava aquelas informações, percebi algumas pessoas me olhando; provavelmente, eu estava falando mais alto do que eu imaginava, sozinha, brigando comigo mesma. Sempre me pego, quando distraída, em conversas solitárias, eu pergunto e eu mesma dou a resposta a alguém imaginário. Altos papos rolam entre mim e minha imaginação, e muitas vezes a voz sai mais alta do que os meus pensamentos. Com a raiva que eu estava, minha voz deve ter saído de forma esbravejada e fez com que as pessoas ao meu redor não compreendessem o que acontecia e me imaginassem louca.

Depois da raiva já um pouco contida, comecei a organizar os meus pensamentos. Teria de me acalmar para tentar resolver essa situação. Ligaria para casa e convenceria meu marido a levar os gêmeos até a festa. Eles estavam esperando tanto por isso. Esse era o primeiro passo.

Tentei ligar, mas não era somente o sinal da internet que não funcionava. A operadora do telefone também não. Fiquei tentando procurar sinal, subindo em um e outro ponto mais alto, mas nada.

Quer saber? Vou tentar ir até a entrada da cidade procurar esse posto. Quem sabe o combustível dê até lá. Entrei no carro e tentei empurrá-lo com a força do pensamento o mais longe possível. Mas, não deu. O carro foi ficando fraco, fraco, e foi só o tempo de entrar no acostamento, ele parou. Agora eu estava mesmo em uma enrascada. Perdida no meio do nada, com um carro à beira da estrada, em um desespero total. Olhei no medidor, e eu tinha andado apenas 10 km dos 40 km até a entrada da cidade. Andar até lá e voltar para trazer o combustível seria impossível. Não ando nem dois. Uma maratona dessas, somente para atletas profissionais. Na minha arrumação de hoje de manhã, resolvi colocar um salto, e meus pés já estavam doendo só de calçá-los, imagina se andasse com eles. Não dá. Pensei em tentar uma carona. Aí eu iria até o posto e, com sorte, conseguiria uma carona de volta até o carro. E quem sabe até me ajudariam a abastecer.

Fiquei sentada um tempo, e não passava uma alma viva sequer em direção ao posto, nem na direção contrária. Andei um pouco em direção a um morro, e o celular começou a dar sinal. Fraco, mas era um sinal. Comecei a discar o número de casa, e veio uma brisa de leve, que bastou para que o sinal sumisse novamente.

— Droga, droga, droga! Mil vezes droga. Por que estas coisas têm de acontecer comigo? O que eu fiz, Senhor? Por que vim parar neste fim de mundo?

Sentei-me no chão em desespero e comecei a chorar, mesmo sabendo que isso não resolveria meus problemas. Fiquei nesse estado durante uns cinco minutos, até que ouvi um barulhinho de carro vindo. Voltei à estrada e fiquei aguardando-o passar. Estava decidida a parar esse carro, mesmo que fosse pulando na frente dele. Só esperava não ser atropelada.

MÃÃÃÃEEE!!!

Mal entrei dentro de casa, e os alto-falantes já começaram a ressoar. Por que será que as crianças, em vez de boca, têm alto-falantes daqueles bem potentes para deixar as suas falas fluírem? Todo dia é assim. Eles os programam no mais alto som e ainda berram em seus microfones. É "mãe" para cá, "mãe" para lá. E meus tímpanos sofrem as consequências danosas desses atos. Tenho certeza de que, se eu for a um otorrino e ele fizer um exame auditivo em mim, terei perdido pelo menos 50% da minha audição devido aos gritos constantes que ocorrem em casa. Sempre me perguntei: por que será que eu não escuto "paaaiiieee"? Seria bom de vez em quando. Mudar o foco. Mas, não, tudo é mãe.

Mamadeira é mãe, "Mamãe, mamá!"; e quando crescem é "Mãe, tô com fome! O que tem pra comer?" Ou: "Não tem nada nesta casa pra comer, não?" Medo do escuro é mãe, "Mãeee, quero beber água, acende a luz"; ou "Quero água, vai comigo na cozinha, tenho medo de ir sozinho". Tombos é mãe, "Quero a minha mãe"; ou, até a mãe chegar após o acidente, temos ali o ser humano mais forte do mundo, mas que, ao ver a mãe, se desaba em choro. Briga entre eles é mãe, e até tapas na cara às vezes sobra para ela. Perdeu alguma coisa, é mãe — bem, aí não é só mãe, é "Ammmooorr" também! Por que será que homem tem uma dificuldade grandiosa em encontrar as coisas que estão sob o seu nariz? Não foi apenas uma vez que ouvi do marido, nas raras vezes em que ele lavou uma louça, "Cadê a esponja?", "Tá aí, na pia", "Não tá, não", "Tá sim, não pode estar em outro lugar", e aí tenho de deixar de lado, o que de mais urgente eu estiver fazendo, até mesmo aquele momento precioso dentro do banheiro em que você faz aquele cocô que até alivia a alma (desculpe provocar em vocês algum sentimento de nojo ou repulsa, mas tenho certeza de que todos já passaram por um momento desses), para ir procurar a dita-cuja que se encontra simplesmente sob o prato que ele mesmo acabou de colocar na pia. AFF!

Hoje o responsável pela sinfonia inicial foi o Júnior.

— Mããããeee!! O Miguel pegou meu fone de ouvido!

— O fone dele estava todo quebrado, mãe! E eu precisava de um pedaço de fio para completar a minha experiência.

— O fone era meu. Se ele está estragado ou não, não interessa para você, você não podia pegar. Quando eu jogasse fora, aí você poderia pegar, já que você é um vira-lata mesmo e vive fuçando o lixo.

Miguel saiu todo ofendido e triste. O que ele tem de inteligente, ele tem de sentimental. Qualquer coisa que se fale mais alto ou em tom mais rude, ele já fecha a cara de forma marrenta, sai pisando duro e rápido para não vermos as lágrimas escorrendo pelo seu rosto.

A vontade que tenho em momentos como esse é pegar o fio do fone de ouvido e queimá-lo numa fogueira, ou aproveitar o fio para dar uma surra nos dois brigões, mas senhoras certinhas são polidas, não agem no impulso, e bater nos filhos não faz parte da educação que programei para eles. E pensando bem, um fio de fone de ouvido não faria nem cócegas, teria de ser um fio com um diâmetro um pouco mais espesso para fazer alguma diferença.

Eu, depois de falar o dia todo com as crianças na escola, não tinha nem voz nem forças para discutir nenhum assunto, e nem um fio de diâmetro adequado para o momento. Afundei-me no sofá. Sacola de um lado, bolsa do outro. Só queria chorar. Estava em transe. Queria me desligar de tudo. Deixar o serviço, abandonar a família, sair mundo afora, virar mochileira, sem limites nem responsabilidades, beber até cair...

Jô! Pare com isso! Que pensamento mais... ruim. Como assim, querer abandonar a família? Isso não é digno de pensamento de uma senhora certinha. Se alguém ouve seus pensamentos, vai pensar o quê de você? Levante-se já daí!!!

A cabeça mandava, mas o corpo não obedecia. Fiquei estática. Sem ânimo para nada. Nem pensar sobre a situação ridícula em que eu me encontrava, eu era capaz. Só queria não existir.

X

Percebi que o barulho vinha de uma estradinha rural de terra que cruzava a estrada maior. O carro estava demorando demais, mas o barulho não cessava; pelo contrário, só aumentava e aumentava, ia se tornando um barulho ensurdecedor. Meus ouvidos sentiam um incômodo comum, fazia-me lembrar mais uma vez do pessoal lá em casa. Nesse ponto, pude ver o veículo que saía de trás da montanha. Era um trator. E estava indo de volta à cidadezinha. O motorista parou e me perguntou se eu necessitava de ajuda. Naquele momento, eu só queria chorar, mas tentei superar minhas lágrimas e contei tudo a ele.

Era um homem jovem. Bem apessoado. Se não fosse a falta de um dos dentes caninos, até que seria bem bonito. Disse-me que me levaria de volta à cidade, se eu não me importasse. Amarraria uma corda no trator e puxaria meu carro de volta para lá; e se caso ele soubesse de alguém na cidade que fosse viajar, pediria que trouxesse um pouco de combustível. Não teve outro jeito. Tive de aceitar sua ajuda. E ainda nem precisaria deixar o carro sozinho na estrada.

Andávamos na estrada a 10 km/h, mas depois de muito tempo conseguimos chegar até a cidade novamente. Fui dentro do meu carro; não queria ser vista dentro de um trator ao lado de um rapaz desconhecido. Como se ali alguém fosse me julgar por esse ato.

Idiota! Ninguém me conhecia. A única a me julgar era eu mesma. Cheguei à cidade sendo rebocada, e todos me olhavam curiosos, tentando imaginar o que teria estragado no carro. Mal sabiam eles que o problema era o combustível, ou melhor, a falta dele.

Agradeci muito ao moço. Só de pensar em escurecer numa estrada desconhecida, em um lugar longínquo, sem sinal de rede e sem a mínima ideia do que eu poderia fazer, era desesperador. Antes que ele fosse embora, perguntei onde podia encontrar uma pousada ou hotel para que pudesse ficar, mas, para completar esse dia desastroso, ele me informou que na cidade não havia pousada, não; a Dona Quitéria morrera no ano passado, e era só ela que tinha uma pensão, que havia sido fechada depois da sua morte. Ela não tinha filhos para assumir o seu legado. Apenas sobrinhos a requisitar e brigar por sua pequena herança.

Ele, mais do que gentil, disse que, se eu não me importasse — sempre polido e respeitoso, perguntava-me "se eu não me importasse". Importar-me eu me importo sim, não queria estar nessa situação, dependendo de um desconhecido —, eu poderia ficar na casa dele. Sua mãe gostava muito de receber visita.

Relutei um pouco. Parecia meio abuso aceitar todos esses favores de sua parte. Pensei em dormir dentro do carro, mas, além de dormir, eu também precisava de um banho, estava me sentindo enojada.

Totalmente sem jeito, deixando o "se eu não me importasse" de lado, acabei aceitando o convite daquele estranho. Pensaria numa forma de pagar a minha estadia e o serviço de reboque, e aí me sentiria mais leve e menos devedora.

O TOMBO

Era tarde de sábado. Estava descansando depois de uma longa jornada semanal e da limpeza de fim de semana. Nesse sábado, por incrível que pareça, todos ajudaram na limpeza, sem precisar que eu fizesse um escândalo e fosse necessário citar todos os textos sobre "ajuda em casa", e "a casa não é só minha", que eu já li na vida. Nem escutei tantos "Já vou, mãe!", um "Já vou" que nunca vai. Milagres, às vezes, acontecem. Logo todos estávamos descansando um pouco.

Um pouco mesmo, no sentido mais estrito da palavra.

Sem perceber a necessidade de meu descanso, já ouvia pedidos e gritos de "Estou com fome, mãe". "O que vai ter para comer?" Arrumei coragem lá no mais íntimo das minhas entranhas, levantei-me, abri a geladeira e me deparei com um profundo vazio. Reinava lá no fundo um pote de margarina já pelo fim, meio copo de leite, alguns ovos e a garrafa de água, que, por um milagre dos deuses, estava cheia. Ela nunca estava cheia. Era sempre uma briga, um acusando o outro de ter tomado água por último e não ter enchido a maldita garrafa. Mas, a verdade é que nenhum deles o fazia. Só esvaziavam; encher, nunca.

Vendo a geladeira naquele estado, convoquei o marido para ir comigo ao supermercado, mesmo sabendo do seu desprazer em estar em um; convoquei-o, pois assim, no momento do pagamento

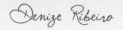

no caixa, eu daria uma disfarçada e deixaria o lado financeiro para ele. Minha conta estava zerada, e eu não queria utilizar o crédito. Tinha passado dos limites e gastado mais do que o necessário. Além disso, ele iria de qualquer maneira. Acho que ele ainda não percebeu o quanto odeia isso, ou faz isso para dizer que saímos juntos. Raramente consigo ir sozinha. Nem sei por que já não tínhamos programado. Todo sábado era a mesma coisa, limpa a casa e vai ao supermercado, mas neste estava me iludindo tanto com o descanso inesperado que até me esqueci desse detalhe.

Saímos. O marido a dirigir, é claro. Nunca quando saímos juntos ele permitiu que eu dirigisse em sua presença. Dirijo há quase 20 anos e não dirijo mal, mas ele nunca esteve no banco do carona. Acredito que há um certo preconceito machista intrínseco nele em relação a isso. Quando criança, eram raríssimas as mulheres que dirigiam; e as que se arriscavam a isso eram chamadas de "maria-homem". Foi um bom tempo escutando da boca dele, assim como da boca de diversos outros homens, a frase "tinha de ser mulher". Recordo-me uma vez, já com bastante tempo de direção, em que fui estacionar no centro da cidade, e havia dois homens conversando na calçada. O espaço entre os carros não estava curto, era possível encaixar o carro ali com tranquilidade, mas, mesmo assim, os senhores, nem tão senhores assim, ficaram encarando a minha manobra. Pareei o retrovisor com o retrovisor do carro da frente, dei ré até enxergar a guia da calçada, virei todo o volante na outra direção, e o carro encaixou-se na vaga. Olhei para os senhores, de forma disfarçada, e vi no rosto de um deles a surpresa e a sua boca se mexendo na fala "Certinho". A cabeça dele abaixava e se levantava em sinal de aprovação, e seus lábios inferiores estavam soltos, de forma perplexa.

Parece mentira, nestes tempos atuais, ouvir algo do tipo, mas tenho de dizer que isso acontece. Talvez, para o leitor ou a leitora que estiver pegando este livro em suas mãos, algum tempo depois de ele ter sido escrito, essa história já não faça sentido. (Quiçá, em menos de cem anos o machismo esteja extinto. Ou estou sendo otimista demais?).

As ruas naquele sábado estavam bem tranquilas. Já era fim de tarde, e via-se apenas o movimento dos últimos feirantes terminando de carregar o que sobrou de suas vendas e suas velhas barracas sendo postas no caminhão, e a sujeira do pós-feira. Chegamos ao supermercado, que hoje também tinha pouco movimento. A lotação ali acontecia somente no começo do mês, quando muitos tinham recebido seu miserável salário e faziam a compra para que nada faltasse no fim do período mensal.

Pegamos de início os materiais mais pesados, como arroz, açúcar, feijão, óleo, que foram sendo colocados no fundo do carrinho de compras. Depois fomos até os materiais mais leves, e por último os delicados. Era estranho encontrar pessoas com carrinho "bagunçado". Era tudo misturado com tudo. Se até o meu varal era separado por cor, tamanho e estilos de roupas, as compras de supermercado não seriam diferentes. Tudo organizado. Materiais pesados primeiro, para que não amassassem os demais, pacotes com pacotes, latas com latas, sachês com sachês. Materiais de limpeza e higiene bem distante dos alimentícios — e ai daqueles que tentassem fazer de forma diferente. Às vezes, quando havia um carrinho bagunçado e o dono dele estava longe, eu até dava uma organizadinha, de leve, mas dava; e quando era surpreendida pelo dono, eu fingia ter me enganado acreditando ser o meu. Sei que mentira não é atitude de senhoras certinhas, mas aquilo era mais forte que eu. É a primeira vez que assumo isso em voz alta, ou melhor, em escrita, para alguém. Não vá sair espalhando esse meu segredo para todo mundo.

Estava no fim das compras. E hoje eu conseguira me controlar a não organizar nenhum carrinho alheio ao meu. Observava a prateleira de iogurte e analisava qual iogurte era para qual filho. Tinha de comprar uma variedade sempre, pois um queria um sabor, outro queria outro, e mesmo os gêmeos, que gostavam do mesmo sabor, tinham, cada um, a sua bandeja, senão ocorriam brigas, um dizendo que o outro tinha comido mais. Assim, cada bandeja era separada por nome na geladeira. Olhei para trás e vi outra geladeira com iogurte. Talvez lá eu encontrasse o preferido dos meninos, pois nessa geladeira encontrei apenas o iogurte do Júnior. Virei-me e caminhei em direção a ela. Entre as geladeiras havia refrigerantes. Levaria ou não um para casa? Daria esse privilégio às crianças? Faria um esforço em agradecimento pela ajuda de hoje com a limpeza? Fiquei matutando, enquanto caminhava até a outra geladeira. E aí, aconteceu algo inesperado. "É óbvio que foi inesperado, sua tonta, ninguém espera por isso". Vocês devem estar imaginando que o que ocorreu foi que um galã de novela se aproximou de mim, ou que eu tenha visto o rapaz que quase beijei no sonho do dia em que fui de sapatos trocados na escola. Sinto desapontá-los, mas coisas assim só acontecem em novelas, filmes ou em livros com histórias românticas, o que não é o caso deste que você está lendo. O que aconteceu mesmo foi que tropecei em algo. Não foi possível ver em quê. Despenquei como uma abóbora madura em cima da madeira. O barulho fez eco por todo o supermercado. Um senhor que estava próximo ficou todo preocupado e veio saber se eu tinha me machucado. Sentia meu corpo doer por inteiro, tentei ser forte na frente de um estranho e me forcei a levantar, fingindo estar tudo bem.

Procurei os olhares conhecidos do meu marido, mas não encontrei; queria a ajuda dele. Não sei o que mais doía, se o corpo, pela batida, ou se a vergonha, por estar estendida no chão. Não sabia o que fazer. Estava começando a me deslocar, ainda meio mancando, quando percebi um homem rindo, meio escondido, olhando-me de longe, fingindo não me conhecer. Lá estava ele. Ele disse que não queria passar vergonha. Ficou me perguntando como eu não tinha visto o "palete" vazio no chão, mas perguntar se eu havia me machucado? Nem pensar. Até porque eu já estava de pé. Acredito que os funcionários tinham reorganizado os refrigerantes e sobraram paletes vazios no chão, que seriam usados mais tarde. E foi em um desses que eu tropecei. Fiquei imaginando: se isso acontecesse com alguém já idoso, poderia se machucar de verdade. Não sabia de quem eu sentia mais raiva. Se do supermercado, que foi negligente nos cuidados, ou de meu marido, que tinha me ignorado por completo.

Fomos embora. A raiva me consumia.

XI

— Mãe, tem visita!

Pela porta de madeira maciça, (as casas antigas têm portas e janelas de madeira maciça, e não essas porcarias de compensados que temos hoje em dia, que não podem nem sonhar em pegar uma gota d'água que já enrugam ou furam com uma cutucada de um simples lápis de criança) de beiral alto e degraus para subir, apareceu uma senhora, já meio arcadinha, devido à idade, aparentando entre 75 e 80 anos, de avental amarrado na cintura, enxugando suas mãos em um pano de prato pendurado sobre os ombros, com um olhar curioso e um sorriso largo, daqueles bem convidativos que fazem a gente se sentir tranquila em estar perto. Há pessoas que têm um ar tão pesaroso que logo a fazem querer afastar-se dela — pode ser que eu esteja nesse estado de espírito hoje, devido a tudo que estou sentindo, mas não era o caso daquela senhora. Seu sorriso conquistava o mais rude dos vilões.

— Vou colocar mais água no feijão! Seja bem-vinda! Mas, não repare a bagunça. As pessoas mais velhas sempre dizem isso, mas de bagunça aquela casa não tinha nada. Tudo estava na mais perfeita ordem. Tudo muito simples, mas impecável.

— Não precisa se preocupar comigo, não! Como qualquer coisa na rua mesmo — disse eu, tentando amenizar aquela situação constrangedora.

— Imagina, minha filha, não é incômodo algum. Gosto muito de receber visitas. Não me custa nada. Mas, não repara, que é casa de gente simples.

Contamos a ela o que havia acontecido, e ela ouvia atentamente aquela história, maluca, a meu ver, mas depois descobri que eu não tinha sido a primeira e provavelmente não seria a última a passar por uma situação dessas, a menos que o horário comercial da cidade se estendesse e eu ficasse marcada de forma histórica como o último dos desprevenidos. Ela desencarretou um monte de histórias parecidas com a minha. Isso também tinha acontecido com fulano, com sicrano, o que me fez sentir até uma pontinha de alívio por eu não ser a única idiota da face da terra. Convidou-me para que eu me sentasse à beira do fogão a lenha, onde ela cozinhava uma canjica, para servir de sobremesa no domingo.

Todo domingo era quase como se fosse dia de festa em sua casa. Era dia em que os seus filhos, netos e bisnetos vinham almoçar, e comida era o que não faltava ali. Contou-me que tinha um pernil de porco temperado na geladeira e que logo de manhãzinha tinha de colocá-lo no forno para que ficasse bem molinho até a hora de servir. Contou-me também histórias de seus netos e o nome de todos eles, mas confesso que não me lembro de nenhum. Nesse momento, percebi que nem sabia o nome dos meus anfitriões ainda, nem eles sabiam o meu. Era tão engraçado, pois eu já sabia muita coisa sobre eles e a sensação era de que eu os conhecia há anos, e nem mesmo sabia o nome deles. E: como eles me aceitaram ali, sem nem mesmo eu me identificar? A senhora era a Dona Maria, e seu filho era o Joaquim, o mais novo dos filhos. Ainda era solteiro. Depois que seu pai morrera, dedicou todo seu tempo a cuidar de sua mãe. Não queria deixá-la sozinha.

A casa não era uma casa grande, apenas a cozinha era espaçosa: caberia umas três da minha família ali dentro. Era muito aconchegante!

Havia uma mesa grande no centro, com bancos extensos de madeira de cada um dos lados e mais alguns pequenos espalhados pelo espaço nos convidando a sentar. Em um canto, imperava um armário frondoso com algumas portas de vidro, através do qual era possível enxergar os copos, as canecas e as xícaras com seus respectivos pires, tudo em uma harmonia incrível. Ao seu lado, uma geladeira pequena. No outro lado, o fogão a lenha, de onde subiam pequenas labaredas do fogo, que crepitava incessantemente e rugia pequenos estalos da queima dos nós da madeira, e perto dele havia também um fogão a gás, para os casos de necessidade de esquentar algo no meio da madrugada. Uma mamadeira, talvez. Não via ali um micro-ondas para isso. No meio dos dois fogões reluziam panelas de alumínio, em uma prateleira de madeira toda enfeitada com pequenos quadrados de tecido bordado e crochê, pendurados em diagonal. Era incrível a limpeza e o brilho daquelas panelas. Aliás, tudo era muito limpo naquele lugar, embora o fogão a lenha derrubasse alguns restos de terra e cascas da madeira retirada do mato.

Ajudei-a a terminar o jantar, e comemos, os três, aquela comida gostosa e muito bem-vinda depois desse dia estressante. Parecia que eu estava em outro mundo. Lembrei-me de ligar para casa, mas não havia mesmo sinal. Dona Maria disse-me que eu poderia ligar de seu telefone fixo e que celular pegava apenas de uma operadora que tinha instalado antena ali, mas pelo jeito essa operadora não era a mesma que eu usava.

Liguei para casa, e, antes mesmo de me perguntarem se eu estava bem, foram logo me cobrando, perguntando se eu estava louca, sumir assim sem dizer nada.

— Seus filhos estão aqui impacientes a esperando para irem à festa. Estou tentando ligar para você o dia todo, e você não atende essa porcaria de telefone. O que aconteceu?

Contei toda a história tentando não ser muito rude, pois eu estava na casa de outras pessoas e não deveria ficar discutindo ali, mas minha vontade era de socar o meu marido. Como ele ousa falar assim? Até porque foi ele quem se esqueceu de abastecer o carro. O modo como ele falou era como se a culpa fosse somente minha. Não pretendo retirar aqui a minha parcela de culpa nessa história toda. Fui culpada por dar uma função ao meu marido e não conferir se tinha cumprido o que pedi. Disse que eu era muito desatenta e que não prestava atenção nas coisas. Criticou-me também por eu estar em casa de estranhos e até por ter ido parar nesse lugar.

— Não sei nem por que você foi parar nesse lugar, deixando tudo aqui para eu ajeitar e cuidar, e agora nem voltar você vai conseguir!

Minha vontade era de discutir, dizendo que a vida toda fui eu quem organizei as coisas em casa, e que não era possível que ele não conseguisse ficar um dia com as crianças sem mim. Ele tinha nascido quadrado, é?! Mas, segurei-me e apenas disse que daria tudo certo. Ele continuou a esbravejar do outro lado da linha qualquer coisa sobre os gêmeos, e eu apenas me despedi e desliguei, deixando-o falando sozinho. Ele deve ter ficado mais irado ainda, mas eu já não conseguia mais ouvi-lo esbravejando e jogando a culpa sobre mim.

Dona Maria emprestou-me uma toalha e fui tomar um banho; estava mesmo precisando de um. Peguei a minha camiseta que eu tinha levado de sobra na bolsa e virei a calcinha no lado avesso para utilizá-la de novo, afinal não tinha mais nenhuma ali comigo; e assim como o posto de combustível, as lojas também se fechavam ao meio-dia de sábado. Depois, para dormir, Dona Maria, me vendo com minha calça jeans, ofereceu-me uma bermuda do seu filho. Era melhor do que nada e melhor do que minha calça apertada. Aceitei de bom grado. Embora um pouco larga, ficou confortável.

Ainda bem que meu *kit* de higiene bucal estava na minha bolsa, e pude completar minha limpeza pessoal. Hoje eu merecia. Dona Maria forrou a cama de visita com um lençol cheirando a amaciante e me ofereceu um cobertor, pois, embora os dias estivessem quentes, de madrugada costumava esfriar um pouco.

Deitei-me para dormir e comecei a pensar sobre aquelas pessoas com as quais eu estava tendo contato. Era tudo tão estranho, tudo tão inocente, chegando a beirar o ridículo. Quem em sã consciência deixaria o carro aberto na rua e hospedaria alguém desconhecido em sua casa? Eu nunca faria isso. Onde moro, se alguém aceitar carona de um desconhecido, pode ser considerado maluco, louco de tudo, de pedra, e eu aqui: além de aceitar carona, estou na casa de desconhecidos. Será que estou ficando louca? O que será que podem fazer comigo? Acho que devo dormir com um olho aberto e outro fechado. "Ai, Jô, relaxa. Eles não me parecem pessoas ruins. Pare de duvidar das pessoas". Fechei os olhos, mas aquela imagem de diabinho e anjinho, cada um de um lado da cabeça, que víamos em desenho animado, não me sai da cabeça. Era um pensamento positivo e outro negativo, e a duplicidade de pensamentos não me deixava dormir. Nem sei se queria mesmo.

VÍCIOS

Novamente atrasada. Preciso correr. O ônibus normalmente não espera os atrasadinhos de plantão. Ou você está lá, ou fica para uma próxima. É até possível pegar o ônibus no próximo horário, mas ele sai superlotado do ponto inicial e é difícil conseguir algum assento, e mesmo quando se consegue um banco para se sentar e fica torcendo para que nenhum idoso, grávida ou mulher com criança de colo entre no ônibus, ele para em todos os pontos possíveis, enfiando pessoas até elas quase saírem pelo vidro lateral. É um empurra-empurra que ou você cai quando está de pé, ou você é amassado, sufocado por peitos, bundas, mochilas, sacolas e cheiro de sovaco, quando está sentado.

Uma vez tive de pegar esse ônibus, não havia outro jeito, era uma lata de sardinha.

O que me impressionava é que, mesmo com toda essa loucura, apertos e esbarrões que acontecem em um ônibus lotado, algumas pessoas são capazes de atender a um telefone, ou pelo menos tentar.

Essa minha fala fez-me lembrar de algo que ocorrera em uma dessas viagens: e eu preciso contar para vocês, caro leitor ou leitora. A viagem até que ocorria de uma forma tranquila, com um ou outro fazendo uma piadinha sem graça para o colega, quando de repente um telefone começa a tocar. A pessoa pega o seu telefone, bufa para ele ao atender, e transcorre a seguinte conversa, se é que podemos chamar aquilo de conversa. E vocês devem estar pensando em como eu, uma senhora certinha, fiquei prestando atenção à conversa de outros, mas era impossível não os ouvir:

— ALÔ!!! OLHA AQUI SEU FDP, EU JÁ DISSE QUE EU NÃO QUERO SABER. VOCÊ TEM DE DAR O DINHEIRO DA PENSÃO AINDA ESTA SEMANA. CALA A BOCA. CALA A BOCA, QUE EU JÁ TÔ FICANDO ESTRESSADA. VAI T...

E a conversa, que durou mais ou menos uns cinco minutos, foi barrocada abaixo em níveis de educação que nem sou capaz de escrever, tamanhos os cortes que seriam necessários. O resto da viagem ocorreu todo em silêncio, ninguém se dignava a dizer nada. De medo. E se a mulher resolvesse surtar com quem falasse qualquer coisa?

Tomo o café apressadamente e queimo minha língua com ele. Está muito quente. Nunca gostei de café morno, mas, quando estamos com pressa, tomar café quente é queimadura na certa. Mas, como renunciar a um cafezinho? Já se tornou vício. Impossível o dia existir sem ele. Visto-me com a roupa mais rápida e fácil que encontro, porém nem sempre a mais ideal, e saio. Acho que dará tempo de pegar o ônibus. Sem atrasos.

Vou pelo caminho, bela e formosa, tentando lembrar se tinha esquecido algo. Estava com uma impressão estranha, do tipo daquelas que, quando você chega a seu destino, você diz: "Putz! Esqueci!" E sempre o que esquecemos é o que de mais importante precisamos para o dia. Pois é, essa impressão estranha não me deixava em paz, perseguia-me desde que saíra de casa.

No meio do caminho entre minha casa e o ponto, senti sede. Embora as horas ainda não chegassem às 7h, tomo um gole generoso de água. Acho que, além do cafezinho, meu vício é também água. Aonde vou eu carrego uma garrafinha d'água. Não consigo ficar sem ela. Às vezes, penso sobre o que as outras pessoas que passam por mim devem pensar: "A ressaca está brava, hein?" Ressaca? Até parece! A senhora certinha nunca beberia a ponto de ficar de ressaca, ainda

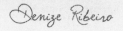

mais em dias de semana. Guardo a garrafa na bolsa e esbarro com uma costura diferente na minha blusa. Percorro a costura com os meus dedos, até onde eles alcançam, sem que as bolsas de trabalho atrapalhem. Ela estava no avesso! Era essa a sensação estranha que sentia. Agora era só resolver o problema. Mas, como? O que farei para consertar esse deslize? Que vergonha! Não posso entrar no ônibus assim. Muito menos tirá-la do avesso aqui no meio da rua. Quem dera fosse possível fazer cabaninha, como nos tempos de criança e adolescente, para disfarçar e trocar de roupa no meio de mais pessoas. Isso era fácil de se resolver na época. Andávamos sempre em bando, e uma cabaninha seria formada rapidinho, mas eu me via ali só. A vida adulta é mais solitária. Nem sei mais se tenho algum amigo. Caminho mais um pouco. A angústia e o desespero estavam tomando conta de mim. Passei a observar se havia algum vizinho acordado, colocando o lixo na rua, ou varrendo a calçada, ou saindo para o trabalho, para que eu pudesse pedir um espaçozinho emprestado. Mas, nada. Vizinho algum se dispunha a sair às ruas naquele momento em que eu passava. Mais à frente observo que a quadra municipal está aberta. É, há uma quadra municipal razoavelmente próxima à minha casa. Eu era frequentadora assídua de lá quando o Júnior era pequeno. Lá tinha futebol. A grande paixão dele. Fiquei tão feliz quando ele cresceu, e eu não precisei mais acompanhá-lo. E mais feliz ainda quando percebi que o Miguel não era dado aos esportes, e eu não precisaria entrar naquela maratona de novo. Leva filho, senta-se na arquibancada, fica com a bunda quadrada de tanto esperar e traz o filho de volta tagarelando em seus ouvidos os gols e dribles que ele tinha feito ou chorando as pitangas por não ter marcado nenhum ou ter seu gol anulado ou ter sofrido uma falta. Mas, hoje o meu retorno estava marcado. A quadra seria a minha salvação!

 Com a cara mais lambida do mundo, pedi ao funcionário que me permitisse utilizar o banheiro, explicando a situação.

 Pronto! Situação resolvida.

 Caminho um pouco mais e, quando chego próximo ao ponto, percebo que o ônibus já está lá e os passageiros já estão quase todos lá dentro. Corro, torcendo para que os últimos ainda estejam sonolentos e demorem um pouco para entrar.

O último passageiro está entrando, corro mais rápido. A porta está se fechando. Não acredito! Perder o ônibus assim, a mais ou menos 2 metros dele! Tudo por causa de uma blusa no avesso!

Seta. Roda virando em direção à saída. Há carro do lado. Que bom! Acho que vai dar tempo. Agora só depende da boa vontade do motorista. Só falta ele fingir que não me viu e não abrir a porta para mim.

Bati à porta, e ela se abriu. Ufa! Agradeci. Julguei mal o motorista. Talvez hoje ele estivesse de bom humor. Começo a subir, e o ônibus arranca em direção ao caminho a ser seguido. Quase caio, mas não posso nem reclamar, né? Depois dessa correria louca, eu consegui.

Pego meu cartão de passageiro e vou passar na roleta. Percebo que há um lugar vago, o que é um milagre acontecer, o ônibus está sempre lotado de pessoas (não tanto quanto o do próximo horário), indo cada uma para o seu trabalho. Pessoas de todos os tipos, de todas as idades. Quando pegamos sempre o mesmo ônibus, passamos a conhecer os rostos, sabemos se a pessoa está triste, ou preocupada, ou estressada, ou feliz, ou radiante. Radiante, logo de manhãzinha, acho que ninguém: isso acontece mais na volta.

Passamos a perceber o gosto musical de cada um. Principalmente quando há estudantes no ônibus. Acho que eles não sabem o que é um fone de ouvido. Põem suas músicas no mais alto som acreditando que todos ali apreciam o seu gosto musical. Às vezes, sinto vontade de colocar meu celular no último volume e obrigá-los a ouvir as músicas que eu aprecio. O que eles achariam, se pusesse a tocar músicas da Elis ou Tetê? Perco-me em meus devaneios e percebo que o meu cartão não está liberando a catraca. O que será que aconteceu? Será que não tenho mais crédito? O cobrador percebe o meu desespero, observa-me e logo me informa.

— Moça! O cartão não é esse. Esse é do seu banco!

Rio, faço uma piada qualquer com a minha própria situação, para disfarçar a "mancada". Pego o cartão correto e atravesso a roleta.

Sento rapidinho e ali fico só pensando: espero que as doidices de hoje acabem por aqui. Acho que é o fato de não ter acordado direito. Ou será que estou ficando meio maluca?!

Preciso informar que o contrário também aconteceu em um outro dia. Fui tentar sacar dinheiro no banco com o cartão do ônibus. Aqui cabe um daqueles *emojis* que dão um tapa na cara, não acreditando que aquilo é possível de acontecer. Mas, é!

XII

Acordei no outro dia com o cocoricar de galos cantando. Talvez fosse cedo ainda, mas estava sem sono. A noite tinha sido proveitosa, dormira com tranquilidade, quase um sono de bebê.

Não era da casa da Dona Maria que vinham aqueles sons que beiravam uma sinfonia, Beethoven que se cuide, mas era bem próximo dali. Um cocoricava de cá, e o outro cocoricava de lá, e o outro respondia de cá. Estavam em uma disputa para ver quem era o maior cantador, o conquistador das galináceas. Era o mais puro instinto animal. Chegava a me causar inveja, pela afinação e pelo agudo de suas pregas vocais. Às vezes me era necessário cantar algumas musiquinhas com as crianças, mas coitadas delas por terem de me ouvir, com minha voz anasalada e fora do ritmo. Ritmo era mesmo algo difícil para mim. Sou como uma daquelas pessoas que, ao cantarem um "Parabéns pra você", conseguem perder o ritmo das palmas e batem as mãos de forma desencontrada. Enquanto todos batem em um tempo, eu bato no outro, quer dizer... não bato, porque, diferentemente de outras pessoas que acham que estão "abafando" e continuam em seu ritmo próprio, eu talvez ainda tenha salvação, pois percebo a minha falha, então prefiro me privar disso e ser a "chata" que nem cantar um "parabéns" canta. Já as pregas vocais então, coitadas, estão prestes a entrar em colapso. "Você tem de se cuidar para não ficar afônica", foi o que ouvi do otorrinolaringologista — ufa, consegui escrever — que

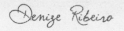

me atendeu quando fui fazer uma laringoscopia. Por que será que os termos médicos são sempre tão complexos? Para descobrir o porquê de estar apresentando rouquidão constante, "é necessário falar com cautela, não forçar, nem gritar, para não as prejudicar ainda mais". Falar com cautela? Acho que o médico não tem ideia do que é ser professora e mãe ao mesmo tempo. O que mais fazemos é falar.

Acordei, mas nem percebi quando eu tinha dormido. Acho que o cansaço me venceu, venceu meus pensamentos dúbios, de anjinhos e diabinhos. Apalpei-me para ver se eu ainda estava inteira, se não tinham feito nada comigo, mas a desconfiança logo passou, pois senti o cheiro de infância que invadia o quarto, um cheirinho de bolo de fubá saboroso e quentinho, com gosto de bolo de vó. Aquele bolo fresco. Ai, só de pensar, minha boca salivou. Lembrei-me de criança, quando ia à casa da minha vó, e ela, para agradar a netinha predileta, perdoem-me irmãos e primos, mas isso é verdade, preparava coisas deliciosas, bolos e mais bolos, e biscoitinhos de goiabada, e sequilhos, e bolinhos de chuva, entre outras infinidades de coisas que ela fazia. Acho que a culpa de eu ter sido gordinha na infância e ter sofrido *bullying*, e hoje ter de viver segurando a boca para não sair comendo tudo que há pela frente, é dela, por ter me apresentado coisas tão deliciosas e calóricas. Ai, que saudade!

Levantei-me, troquei a bermuda larga pela minha calça jeans justa, que ficaria ainda mais justa depois do café da manhã, e saí do quarto à procura do banheiro, alisando o cabelo para baixá-lo um pouco, tentando não parecer uma assombração capaz de assustar até o gato que dormia ao pé da porta e ronronava tranquilamente no seu mais profundo sono de gato folgado — Como os gatos são folgados, né? E por pouco eu não tropeço nele, caindo no chão, ou pior: metendo a testa na parede que ficava de frente, formando o corredor, e ganhando um "galo" de presente. "Já que você não pode cantar como eles, tome um de presente".

Eu mal abri a porta e já ouvi um "Bom dia, dormiu bem?" E já veio um convite para me sentar à mesa para tomar café. Nossa! Acho que, se eu morasse aqui, eu teria de subir o morro da escola umas três vezes ao dia, pelo menos, para poder perder as calorias adquiridas ao comer essas coisas maravilhosas que ando comendo por aqui.

— Bom dia! — respondi. — Posso usar o banheiro? — perguntei, apontando para ele, tentando não parecer indelicada. Ainda estava meio sonolenta, com os olhos cheios da secreção que sai durante o período em que dormimos, "remela" mesmo. Não dá para ser menos direta nesse caso, embora uma senhora certinha tente se dignar a não dizer coisas nojentas, mas nesse caso foi necessário: vai que você imagina que eu estivesse com algo mais grave ou uma conjuntivite, por exemplo. Então, para ficar claro, era somente remela mesmo.

— Claro, minha filha, fique à vontade.

Entrei no banheiro e comecei a me deliciar com esse tratamento que estava recebendo, estava me acostumando com a ideia de "ficar à vontade" e ter alguém para cuidar de mim. Ah! Há quanto tempo eu não era cuidada; acordava com fome, mas antes tinha de preparar café, preparar leitinho para as crianças, ir até a padaria comprar pão fresco, acordar criança, preparar roupa etc. etc. etc.; e só depois de tudo organizado era que eu podia tomar o meu café pela boca e pelo nariz, pois depois de toda a preparação, eu já estava atrasada.

Saí do banheiro, e já tinha a caneca de louça em minhas mãos sendo entregue por Dona Maria:

— Sente-se aqui, minha filha!

Fiquei até com vergonha por não ter levantado mais cedo para ajudá-la na preparação do café, mas eram apenas 7h30. Embora fosse cedo, eu acho que os galos já estavam cantando fazia tempo e já estavam ficando sem goela suficiente para me acordar. Dona Maria tinha se levantado antes das 6h para iniciar os preparativos do almoço de domingo — ela sim acordara com as galinhas. Por isso, já tinha até bolinho fresco de fubá para mim. Humm! Santa Dona Maria!

Deliciei-me com aquele café.

Simples assim!

Nada mais a comentar sobre esse assunto.

MEIAS

    Sábado! Que bom que o fim de semana chegou! O tão esperado sábado é sempre o mais requisitado entre todos os dias da semana, entre os jovens. Sabadou! Era o que as redes sociais bombeariam em suas *timelines*, nesta época de internetês em que vivemos. Já para mim o sábado apenas faz com que mude o meu tipo de trabalho. Em vez de trabalhar fora de casa dando aula, trabalho para cuidar da casa.

    Enquanto tomava o café da manhã e esperava os demais pertencentes da casa acordarem, repassava mentalmente a rotina do dia. Hoje seria mais agitado que o comum.

    Embora hoje eu esteja de "folga", há muita coisa a ser feita. Tenho de limpar a casa — e o pior não é "limpar" mesmo, é catar todas as tralhas espalhadas. Junta papel de todos os tipos, documentos espalhados, contas pagas e a pagar, recados e anotações, panfletos de supermercado que ninguém tem a dignidade de jogar fora. Toda vez na catança há um calhamaço de panfletos a serem retirados dos lugares comuns, lugares comuns que, na hora da limpeza, não têm nada de comum. Nesse momento, finjo que moro sozinha, só para não me sentir mais angustiada e irritada.

    Além dos papéis, a catança acontece também com os sapatos. Às vezes, acho que na minha casa existem algumas centopeias. Essa é a única explicação para tantos pares de meias e sapatos espalhados.

Junta, varre, junta, tira pó, junta coisas, passa um pano úmido no chão, junta coisas, lava a louça, junta tudo e põe na máquina de lavar.

E hoje é preciso dar conta de tudo de manhã, pois à tarde tenho um compromisso i-n-a-d-i-á-v-e-l: tenho de ir ao centro comprar um meião para o futebol do Júnior. A meia dele já não para mais nas canelas. O elástico está extremamente frouxo. A cada corrida é uma parada para esticar a meia e arrumar a caneleira no lugar.

Você deve estar pensando que, apesar das condições precárias do meião dele, isso não é um compromisso i-n-a-d-i-á-v-e-l. I-n-a--d-i-á-v-e-l seria se houvesse algum evento com um artista famoso em que fosse servido um belo chá da tarde com muitas coisas gostosas para comer, apesar do meu regime, ou uma festa de casamento daquelas em que o evento dura o dia todo, e há uma pista de dança enorme, e os convidados ganham chinelos para descansar os seus pezinhos, ou mesmo um saída furtiva ao bar com as amigas para bater papo ou paquerar, qualquer coisa. E sua imaginação, nesse aspecto, dependerá do seu nível de socialização e badalação. Mas, comprar meião? Você deve estar de sacanagem!

Vou lhe explicar o porquê dessa urgência toda. É um compromisso inadiável, pois já faz mais de uma semana que os meus ouvidos estão sendo atacados numa guerra sem fim, ou com fim, caso eu compre logo esse meião, e já não suportam mais ouvir, nem de longe, a voz do Júnior oscilando entre graves e agudos da adolescência, tagarelando sobre eles.

Corri com a limpeza da casa, acelerei mesmo, e logo consegui olhar a casa já toda limpa e arrumada, tudo estava terminado. Vitória! Tomo um banho também rápido, arrumo-me. Hoje estou rápida, não acham? Agora já posso sair. Que nada! Ouço o sinal da máquina terminando seu processo de lavagem, ainda falta pendurar algumas roupas, e é melhor pendurá-las logo e colocar a nova remessa de roupa. Embora minha máquina de lavar tenha sido comprada já para dar conta de muita roupa, casa com cinco pessoas suja um bocado de roupas, uma maquinada somente não é nem de longe suficiente para terminar com toda a roupa suja da semana.

Pendurava as roupas no mesmo ritmo da limpeza da casa. Parecia o Ligeirinho a quem eu assistia na televisão quando criança. Estava feliz, pois a casa estava cheirosa, o que é raro. E depois de toda essa trabalheira, eu nem estava tão cansada assim, mantinha uma disposição invejável. Coisa rara de acontecer. Consegui mesmo me superar.

Quando faltavam poucas roupas a serem penduradas, a campainha tocou. Ai, quem será? Justamente agora. Espero que não seja nenhuma visita, senão vai atrapalhar todos os meus planos. E além de aguentar o Júnior falando nos meus ouvidos durante a semana toda, ainda teria de replicar toda essa correria de hoje no sábado que vem.

Respirei aliviada ao perceber que era um vendedor. Esse seria mais fácil dispensar. Uma visita naquele momento era imensamente indesejável.

Doce engano! O homem queria MESMO me vender algo. Dispensá-lo foi custoso demais. Não saiu do meu portão até que eu decidisse o que compraria. Ele tinha de tudo para vender. Enfiei as meias que estavam em minhas mãos no bolso; até pensei em pendurá-las antes de atender à porta, mas decidi sair assim mesmo, para mostrar que eu estou atarefada. Quem quer que fosse... estava me atrapalhando e que se dignasse a ir embora rápido. E comecei a vasculhar os produtos. Saco de lixo, pano de chão, pano de prato, agulhinhas para limpar fogão, produtos de limpeza, quadros, vasos, chaveiros, vassouras, pás e mais uma imensidão de coisas que nem me dignei a olhar, pois, quando vi a agulhinha e o seu valor, decidi que era aquilo que eu compraria; embora eu já tivesse uma, era a mais barata das coisas que se encontravam ali. Comprei. Só assim esse vendedor chato foi embora. Não antes, é claro, de querer me enfiar mais um monte de coisa goela abaixo. Nem sei quantas vezes eu disse "não", ou balancei a cabeça em sinal negativo. E quando já estava com o rosto avermelhando com a ira que eu sentia, ele desistiu e partiu a perturbar outro vizinho que estivesse com as janelas abertas. Mais uma confissão a fazer: quando a casa está fechada, ignoro e faço meus filhos fazerem o mesmo; quando apertam a

SENHORA CERTINHA

campainha, finjo não ter ninguém em casa. Ouço vocês dizerem: "E a senhora certinha? Ela faz algo desse tipo?" Não tenho como me justificar nesse caso, mas duvido que vocês já não tenham feito o mesmo alguma vez na vida.

Voltei para dentro e terminei de pendurar as roupas.

Respirei fundo, sentindo o ar perfumado das roupas. Olhei em volta, e a casa limpa trouxe-me uma satisfação extrema. Lembrei-me de ver, quando criança no sítio, aquelas roupas balançando no varal, suspenso por um bambu. Criava muitas ilusões vendo aqueles lençóis a balançar. Ficava brincando de passar entre eles e de pegar as gotas que escorriam por entre o tecido enxarcado. Na época, as máquinas de lavar não existiam, as roupas eram torcidas à mão e tinham seus caldos escorrendo por horas até que o sol e o vento realizassem o seu trabalho.

Alô, alô, planeta Terra chamando! Volte para a sua vida real, Jô! O dever chama você. Não há tempo para ficar com esses devaneios tolos. Acorda, que a vida segue!

Mandei meus pensamentos para longe. O dever de mãe me chama. Preciso ser uma boa mãe. Dar atenção aos meus filhos. E socorrer os meus ouvidos.

— Pronto, Júnior! Agora podemos ir!

—Tá bom, mãe! Só um minutinho que eu vou terminar de jogar este jogo, e já vamos.

Aff!!! Por que todo adolescente só pensa em jogos de celular?

Esperei um minuto, e nada. Cinco minutos, e nada, dez minutos, e nada.

— Júnior!

— Já vou, mãe!

— Se você não sair deste quarto agora, eu não vou comprar mais meião nenhum, tá ouvindo?! Nesse momento, eu torcia muito para que ele não me fizesse cumprir o que estava dizendo. Necessitava liberar os meus ouvidos daquele suplício.

Depois desse ultimato, ele apareceu com a cara toda lambida e bravo, porque ele tinha perdido uma vida do jogo por minha causa. "É, talvez eu também tenha perdido uma vida por sua causa", pensei.

Pegamos o carro, e o Júnior socou o portão quando foi fechá-lo, e fez o mesmo com a porta do carro. Lembrei-me da piada do "Você não tem geladeira em casa, não?" Mas, achei melhor me calar.

Chegamos ao centro da cidade, e nenhuma palavra foi trocada entre nós. Parece piada, né? Ter de aturar o mau humor de um adolescente, mesmo quando se vai resolver um problema que é só dele. Aparentemente.

Chegamos à loja em que estávamos acostumados a comprar os adereços de futebol. Já estive ali tantas vezes que conheço cada detalhe da loja, os funcionários já me atendem pelo nome, e eu também me dirijo a eles com bastante intimidade. Era só pegar o meião e ir embora, mas meião estava em falta. Parece que o vendedor tinha se mudado e não estava mais repassando mercadorias para a nossa região. Portanto, não havia nem previsão de quando a loja receberia uma nova remessa de meiões.

Fomos à procura de outras lojas, e o mau humor do Júnior passou de repente quando ele enxergou uma camiseta da sua banda de rock preferida, e, para variar, pediu-me para comprá-la. Mostrou todos os detalhes da camiseta. A boa costura. A impressão feita. A disposição do desenho, a qualidade do tecido, tudo para tentar me convencer a comprar e justificar o alto preço da peça.

Mas, o seu mau humor voltou na mesma velocidade com que tinha ido embora, quando eu disse que não compraria em hipótese alguma. Não estávamos ali para isso.

Andamos bastante e acabamos encontrando o meião em uma lojinha meio fundo de quintal. Bem estranho o local, porém foi o único lugar em que encontramos esse tal meião.

Quando estávamos saindo da loja, eu, toda feliz por me livrar do Júnior, a vendedora toda feliz por ter feito uma venda, talvez a única do dia, o Júnior feliz por ter um meião novo, a moça me chamou. "Esqueci de fazer o pagamento?" Já estava tirando a carteira da bolsa achando que tinha me enganado, quando ela me apontou e disse que eu tinha algo pendurado em meus bolsos e que poderia cair. O que será que há em meu bolso. Será dinheiro? Isso bem que seria bom.

Coloquei as mãos no bolso e senti algo meio volumoso e macio. "Droga, não é dinheiro". Tirei o volume do bolso e vi que era o par da meia que pus ali enquanto via as coisas do vendedor, e na correria me esqueci de pendurar.

Que vergonha! Andei por todo o centro da cidade com um par de meia pendurado no bolso como se fosse um rabo.

— Júnior! Como você não me avisou?

E com a cara mais lavada do mundo, ele disse que não tinha visto.

Duvido!

XIII

    Depois de terminado aquele café maravilhoso, que durou mais ou menos uma hora sentada à mesa, entre petiscos e conversas, ofereci minha ajuda à Dona Maria com o almoço, mas ela rejeitou e fez o possível para me evitar ali naquele espaço. Já tinha percebido, na noite anterior, quando a ajudei a terminar o jantar, que ela gostava de fazer tudo do seu jeitinho, e uma mão estranha ali poderia "estragar" seu almoço. Além de rejeitar minha ajuda, ainda me mandou sair. Será que havia algum segredinho especial naquela comida que ela não queria me contar? Para algumas pessoas, cozinhar era algo que beirava o sagrado, cheio de rituais e ordem nos processos. Já eu não gostava nem um pouco de cozinhar. Fazia, mas era a custo de reza, somente porque era necessário e eu não "abria mão" de uma alimentação saudável. Quando alguém ia à casa e gostava de cozinhar, eu logo passava o comando do fogão para ela. Talvez ela até quisesse comer uma comida diferente, feita pelas mãos de outros, que não as suas, mas eu ignorava essa questão e tentava a todo custo convencê-la a assumir essa tarefa; e caso não a convencesse, eu fazia a comida mais insonsa e seca que já tinha cozinhado, só para que da próxima vez ela preferisse cozinhar a ter de comer aquela comida horrorosa.

    — Vai passear um pouco, minha filha! Conhecer a cidade. Deixa que eu faço tudo por aqui. Já estou acostumada.

SENHORA CERTINHA

"Conhecer a cidade? Achei que já tivesse conhecido tudo ontem. A cidade é tão pequena que não é preciso muito tempo para vê-la por completo", pensei com meus botões. Só pensei mesmo. Um comentário desse tipo seria desrespeitoso naquele lugar de gente simples. É sempre melhor calar-se nessas situações.

Obedeci à Dona Maria e decidi sair para dar uma caminhada; respirar um pouco de ar livre faria bem para mim, afinal eu ainda tinha um dia todo para ficar nesse fim de mundo e era melhor procurar algo para fazer para me distrair. Peguei meu documento e meu cartão na carteira. Coloquei-os no bolso. Não estava a fim de levar aquela bolsa enorme, cheia de tralhas. Carregar peso naquele momento seria desnecessário. Por que será que bolsa de mulher é sempre tão cheia? Tudo bem que, sempre quando alguém precisa de algo, esse algo é encontrado lá. Encontra-se de tudo em uma bolsa de mulher. Celular, carteira, sombrinha, garrafas d'água, canetas, papéis para anotações, elástico de cabelo, agulha e linha para imprevistos, grampos, alfinetes, balas, curativos, remédios para cólica e dores de cabeça, vitaminas, relaxante muscular e outras infinidades de alternativas que não citei aqui e que você, leitora, está listando em seus pensamentos. Ouvi de um colega do trabalho do meu marido que, dentro da bolsa da mulher dele, havia bicho que pica, e que ele não colocava a mão lá dentro de jeito algum. Fiquei curiosa sobre o que seria esse bicho que a mulher carregava, e ela me explicou que era um alicate de unha.

Pedi à Dona Maria que abrisse o portão para mim ou me emprestasse a chave. Mas, parece que, assim como os carros, as pessoas daqui deixam também a casa aberta.

— Não tem chave, não. O portão fica aberto. É só entrar depois, tá? Aqui não tem perigo. Todos se conhecem.

Saí da casa, e a primeira coisa que percebi foi o canto de passarinhos. Nem sei há quanto tempo eu não ouvia isso. Será que há passarinho onde eu moro? Acho que sim, pois um dia a Estela me disse:

— Olha, mãe, aquele passarinho, como ele é bonito!

Eu estava dirigindo. Não podia me dignar a parar e olhar o dito-cujo, nem mesmo consegui ver a sombra dele. Mas, concordei cegamente com ela. Ainda bem que ela não começou a entrar em detalhes sobre cores e tamanho — ela é sempre tão minuciosa —, pois eu não teria o que dizer sobre isso. Faz muito tempo que não escuto seu canto. Talvez até eles cantem todos os dias, implorando para serem ouvidos, mas, na vida corrida de trabalho, levar filhos para escola, o outro no cursinho, futebol, natação, casa, comida, roupas, contas a pagar, fica impossível escutá-los. Eles estão ali, mas nós não conseguimos vê-los. Nem ouvi-los. A não ser que o pássaro em questão seja um pombo nojento, esses sim dominaram as cidades e vemos aos montes nas praças procurando migalhas de comida deixadas pelas pessoas que as frequentam, nos telhados, sujando tudo que veem pela frente, e nos mais diversos lugares que se possa imaginar: lá há um pombo. É engraçado quando falamos dos pombos-correios, da pomba da paz; é sempre tão bonito, tão bucólico, mas a realidade é outra: nem cantar eles cantam; eles roncam.

Respirei fundo, senti o aroma daquele dia, e *carpe diem*! É, eu não estou ficando louca. Era possível sentir o aroma daquele dia, sentir a brisa me tocando de leve.

Fui caminhando a passos lentos, e foi possível perceber que algumas pessoas ficavam me olhando, achando estranha a minha presença ali. Olhavam e cochichavam umas com as outras, talvez tentando adivinhar quem era eu e o que fazia ali àquela hora da manhã. Até estavam acostumados com os turistas, mas eles começavam a chegar um pouco mais tarde. Como ali não havia pousada, ou hotéis cinco estrelas, estar ali tão cedo era improvável, a menos que se tenha dormido na casa de alguém ou madrugado em sua viagem. Ouvi quando passei:

— Deve ser parente da Dona Maria, pois a vi saindo de lá.

— Ah! Não sei não, só se for muito distante, pois eu nunca a vi por aqui.

— Deve ser aquela que era filha... E o buchicho continuou. Provavelmente, nesse momento, elas conversavam sobre a filha desgarrada que tinha fugido com o amante, ou sobre o filho que tinha se perdido na bebida, ou daquela que foi morar no exterior, ou do que foi fazer faculdade fora e nunca mais voltou. Histórias que acontecem em todas as famílias, que não passam desapercebidas em uma cidade pequena e fazem a alegria das fofoqueiras e dos *fofoqueiros* de plantão — quero frisar bem o substantivo masculino nessa questão, pois homem também fofoca, e muito, porém somente as mulheres ficaram com essa fama, talvez porque até algum tempo atrás elas não trabalhassem fora e lhes sobrava mais tempo para conversar com as vizinhas, mas agora o tempo vago já não existe para as mulheres, e percebo que quando um homem quer falar de alguém, ele pode ser muito mais venenoso do que uma mulher.

Mais um pouco à frente, mais olhares constrangedores e cochichos.

— Dia, moça! O que que aconteceu com o seu carro? Vi você chegando ontem no finalzinho da tarde e seu carro sendo guinchado pelo trator do Joaquim da Dona Maria. — Isso comprova o que acabei de lhe contar sobre os homens.

Que povo enxerido! Usei de toda a minha boa educação. Respirei fundo e respondi:

— Fiquei sem combustível — disse, e continuei a caminhar sem dar chance para que me perguntassem mais coisas, porém o comentário continuou: "Deve ser uma daquelas pessoas que estavam na cidade ontem...".

Cheguei até a pracinha central e me sentei em um dos bancos vazios. Havia vários deles, sem ninguém para utilizá-los. Pessoas passando, conversando, mas ninguém sentado nos bancos. O movimento maior era de homens. Pareciam estar ali somente à espera de que o almoço ficasse pronto, para que eles pudessem se fartar e aumentar sua enorme pança, enquanto a mulher queimava a barriga no fogão. As poucas mulheres que ali estavam, estavam de passagem, comprando coisas para preparar o almoço para o marido gordo.

Estava distraída observando alguns pássaros que rondavam por ali, tentando pegar as migalhas deixadas pelos transeuntes da noite de sábado. Não havia nenhum pombo. Será que eles só sobrevivem em cidade grande? Passavam de um lado ao outro com voos leves e baixos. Quando passava alguém, saíam rapidamente dali com seus bateres de asas apressados, mas davam apenas uma volta e já estavam de novo a catar suas migalhas.

— Bom dia!

Ouço uma voz ao meu lado, e antes mesmo de me virar, a voz já se sentara.

Respirei fundo. Com tanto espaço vazio na praça, por que cargas d'água esse ser vai escolher justamente o banco em que eu estava?

— Veio conhecer a cidade? Os turistas gostam daqui. Vêm procurar tranquilidade.

Virei-me, e com uma cara de quem já estava de saco cheio de perguntinhas idiotas, respondi a ele com uma pergunta mal-educada:

— Você deve estar de brincadeira com a minha cara, aproveitando-se para fazer piada comigo, né? Todo mundo nesta cidade sabe que eu fiquei sem combustível e fui guinchada por um trator velho e agora estou aqui presa a este lugar sem nada a fazer. O que é que você quer? Divertir-se às minhas custas?

Ele me olhou bem, viu o meu estado e não conseguiu se segurar. Deu uma enorme gargalhada, que me deixou mais irada do que eu já estava. Senti vontade de descontar toda a raiva presa em mim sobre ele. Senti vontade de socá-lo, mas apenas fechei a cara e a mão, segurei-me e chorei.

— Tá rindo de quê? Da minha desgraça?

— Tá chorando por quê?

As perguntas saíram quase que simultaneamente.

Ele me pediu desculpas e disse que riu, porque um *flashback* passou pela sua cabeça. Só morava ali, porque a mesma coisa tinha acontecido com ele e, como era feriado prolongado, ele teve de ficar durante cinco dias ali.

— A minha vida está superestressada, isso não podia ter acontecido em pior hora — falei, entre soluços, enquanto as lágrimas escorriam sem o menor controle.

Ele me convidou para irmos tomar um suco em uma lanchonete ali perto para que eu me acalmasse. Rejeitei o pedido de prontidão. Fui pega desprevenida. Era muito estranho para mim, depois de tantos anos de casada, ser convidada por alguém do sexo oposto a sair. Tudo bem que não era nenhum "encontro", mas mesmo assim.

O que pensariam de mim?

Deixa o marido em casa e vai ao bar com outro.

Ela é casada, não pode ficar assim de papo com qualquer um.

E tem filhos.

Pervertida!

Depravada!

Sem vergonha!

Na minha cabeça, fervilhava mais uma imensidão de "apelidos carinhosos" para quem comete aquele tipo de crime. Será que era assim que eu pensava das pessoas? É que senhoras certinhas não podiam se prestar a certos tipos de comportamentos.

Ele insistiu um pouco, e acabei aceitando, tentando passar por cima dos meus preconceitos e não me julgar tanto, até porque o papo estava começando a ficar bom e eu queria saber mais sobre o que tinha acontecido para que ele viesse a morar aqui depois de uma confusão como a minha. Foi bom saber que eu não era a única trouxa a fazer algo do tipo. E olha que ele era homem. Não dava nem para dizer "Isso é coisa de mulher". Dona Maria tinha me dito mesmo, mas confirmar com alguém que tinha passado pelo mesmo dava mais credibilidade à situação.

Cruzamos a praça e viramos à rua da direita. A lanchonete era pequena, assim como a cidade. Havia algumas mesas plásticas espalhadas e bancos próximos ao balcão onde nós nos sentamos. Pedi o suco mais sugestivo para o momento em que eu vivia, o de maracujá.

Denize Ribeiro

Ele pediu um de limão, mas acrescentou um bocado de vodca. Ele me ofereceu, mas, senhora certinha como sou, não bebo nenhuma bebida alcoólica. Não bebo, não fumo, não uso drogas além dos anti-inflamatórios usados para dor na coluna, não falo palavrões. Sou mãe, esposa, professora, faço academia, ou ao menos tento: aquela senhora perfeitinha que agrada a todos e de que todos gostam e necessitam.

Ele me contou de como sua vida fora dali era estressante e que aqueles cinco dias foram os dias mais rejuvenescedores que ele teve na vida. Como era sozinho e estava com o emprego à beira do abismo, resolveu largar tudo e vir para aquele lugar bucólico, vivendo um dia de cada vez.

Tinha um pouco de conhecimento sobre marcenaria, por isso montou uma pequena e improvisada no fundo do quintal da casa que tinha alugado ali. Pretendia ficar somente por uns dois anos, no máximo, só para desestressar, tirar um ano sabático, no caso dois — isso está na moda —, porém já vivia ali pelo menos há cinco anos.

Disse a ele apenas o necessário para informar o que fazia ali. Que tinha vindo para uma palestra e tinha ficado presa naquele lugar longínquo. Não queria falar sobre a minha vida, nem queria pensar sobre ela, embora tenha feito questão de fazer com que ele visse minha aliança no dedo, para que não passasse pela cabeça nenhum pensamento acerca de um encontro, mostrando que sou uma mulher casada e tal.

Conversamos durante mais algum tempo e depois preferi ir embora.

BOLINHAS DE GUDE

Tlem, tlem, tlem, tlem! Esse som lembra barulho de sino, né? Mas, não é. Não sei qual a sua experiência com sinos. Isso depende muito da sua idade. Talvez o único barulho de sino que tenha ouvido seja o do sininho sendo balançado pelo papai vestido de Papai Noel, tentando enganar as pobres criancinhas inocentes. Atualmente, os sinos das igrejas quase já não tocam e, se tocam, são ofuscados pelo barulho incessante de carros, fábricas e outros poluidores sonoros da cidade moderna.

Quando criança, os sinos badalavam nas igrejas a cada hora. Sentia-me como na história da Cinderela — "às 12 badaladas o encanto desaparecerá" — e fantasiava o meu príncipe encantado. Ah! Triste desilusão saber que eles não existem. Mas, gostava mesmo era dos dias de festa em que os sinos badalavam sem cessar. Recentemente, vivi uma situação parecida com a que via quando criança. Em um dos poucos passeios que fizemos no decorrer de toda uma vida, fomos a Paraty, uma cidade histórica e litorânea do estado do Rio de Janeiro. Era dia de festa religiosa, e ao meio-dia começaram a soar os sinos de todas as igrejinhas do local. De início, tomei um susto. Não sabia exatamente o que estava ocorrendo na cidade. Foi um barulho quase ensurdecedor, mas foi bonito de se ver e ouvir.

Já o *tlem*, *tlem* de hoje não foi nada parecido com o tocar nos sinos.

Você consegue imaginar sons de bolinhas de gude batendo em uma forma de alumínio?

Agora imagine esse som durante duas aulas seguidas.

Pois é. Foi isso que eu planejei para minha aula de hoje. Coisa de louco, né? Ficaria na escola por quatro aulas, mas, como diria a minha mãe, "louvado seja o Nosso Senhor Jesus Cristo" — ela era muito cristã. Eu planejei essa atividade somente em duas aulas das quatro que eu tinha no dia.

Com o primeiro aluno, foi o momento de explicar a atividade. Aí fiquei observando, vendo se faziam certo, assessorando no uso das cores, explicando como as bolinhas deveriam se mover na forma para passar sobre a tinta e pintar a folha. Porém, depois de um tempo, todos já haviam entendido como fazer, e eu precisava somente organizá-los para ver quem faria a atividade em cada momento.

A atividade era feita a cada dois alunos por vez, pois a quantidade de formas não era suficiente para todos. E assim foi que essa atividade absurdamente irritante foi desenvolvida. Ah! Se arrependimento matasse, eu estaria mortinha agora e não estaria escrevendo este livro que você está se dignando a ler.

Passar duas horas seguidas ouvindo o *tlem*, *tlem* das bolinhas na forma foi absolutamente torturante, horripilante e extremamente estressante. Aquele barulho começou a adentrar os meus ouvidos e ecoava lá dentro do meu cérebro. Minha vontade era de me levantar e jogar as formas longe, para fazer todas as bolinhas se perderem. Mandar tudo para os ares.

Talvez essa sensação de mandar tudo para os ares seja um espelho do que queremos fazer em diversas situações na nossa vida. Quantas vezes quis mandar alguém "pastar", ou mandar tudo "às favas" ou, como está na moda atualmente, "ligar a tecla do foda-se", mas uma pessoa bem-educada não teria essa ação. Tirar-me do sério sempre foi muito difícil. Sempre agi com a razão, pensando muito antes de tomar alguma decisão. Medindo sempre os prós e os contras de cada ação e cada palavra que sai da minha cabeça — aliás, da minha cabeça não, da minha boca, pois até penso em explodir, mas o caminho entre o cérebro e a boca é sempre longínquo, e nesse caminho muita coisa muda. Sempre agi assim, desde adolescente. Se havia briga ou discussões, eu era sempre a partícula apassivadora da situação.

Ah! Quantas vezes quis mandar meu chefe à merda, quando vinha com propostas que só trariam trabalho e não beneficiariam em nada a aprendizagem dos alunos? São papéis em cima de papéis a serem preenchidos, então quase não sobra tempo para ensinar efetivamente.

Ah! Quantas vezes quis brigar com algum vizinho, quando seus animais vêm passeando, passeando, passeando e viram o rabinho em direção à minha calçada: e lá depositam seus dejetos fecais. (Nossa! Ficou bonito isso, quase poético, para dizer apenas "bosta") Mas, a minha boa educação diz-me para não arranjar problemas com o vizinho. Vamos tapar o nariz, pegar uma saco-linha, retirar o cocô do caminho, e está tudo certo, tudo limpo, resolvido, sem confusão.

Com relação aos vizinhos, vou somente especificar esse caso para não me alongar muito, senão este livro mudaria de foco, talvez mudando até de nome, como por exemplo: *Brigando com vizinhos, Vizinhos e seus problemas* ou ainda *Vizinhos idiotas.com*. Pois, além dos animais e suas fezes, há aqueles que fazem festas e se embebedam além da conta, e gritam, e brigam. Há os que querem escutar uma música no volume mais alto possível e têm a pior *playlist* possível da face da Terra. Há também os que têm cachorros insuportáveis que latem o tempo todo para qualquer borboleta que passar à sua frente. Há os que têm crianças que correm e berram na rua brincando, fazendo barulhos ensurdecedores e irritantes, e cuja mãe ri, toda feliz e babona com o desenvolvimento de seu filhinho querido.

Quantas vezes quis abandonar a tudo e a todos com seus problemas diários e sair em uma vida errante, sem compromissos, e fazer apenas o necessário para a sobrevivência. "Será que esse é o motivo para muitos moradores de rua se encontrarem nessa situação, e quererem largar tudo?"

Olha só a senhora raciocínio lógico entrando em ação. Dificilmente farei algo que saia fora dos padrões do que é correto. Penso demais.

XIV

Cheguei pouco depois das 11h e já havia algumas pessoas a mais na casa. A conversa era animada. Ouvia vozes de adultos, crianças, homens e mulheres. Dona Maria apresentou-me a todos, e todos me acolheram com a mesma simpatia dispensada a mim desde o dia anterior. Como se eu fosse alguém que eles conhecessem há anos. Nem cheguei a me sentir envergonhada pela tolice que fiz em deixar o combustível do carro acabar. Não demorou muito tempo para que eu estivesse rodeada de criança. Parece até um imã. Não basta trabalhar com elas, elas sempre estão por perto. Acho que, assim como os cachorros, elas deixam seu cheiro por onde passam, e quando esbarram em nós, assim as outras crianças são atraídas pelo perfume deixado por aquelas.

A tarde foi agradabilíssima. Com muita conversa e brincadeiras no quintal. Fiquei a observar toda aquela cena. Parecia até cena de filme ou de final de novela. Não podia faltar o lanchinho da tarde, é claro.

Aos poucos a noite foi caindo, e igualmente, aos poucos, todos foram se retirando, indo embora para suas respectivas casas, e novamente a casa de Dona Maria foi ficando silenciosa, até restarem somente Dona Maria e eu. Ajudei-a a organizar algumas poucas coisas que haviam ficado fora do lugar e fechar as janelas, pois já havia anoitecido. Joaquim tinha saído um pouco, talvez para beber algo no bar ou conversar com algum amigo de infância.

Sentamo-nos na cozinha e ali ficamos por um tempo, ouvindo somente o silêncio. A sensação era tão boa. Eu estava tão leve. Confesso que até tinha me esquecido da minha casa, tinha passado um dia tão agradável que nem me lembrei da minha realidade: parecia estar em um mundo paralelo.

Pedi permissão à Dona Maria para ligar para minha casa, ainda que, confesso, vontade não houvesse, mas eu tinha de ser uma pessoa responsável, não dava para ignorar a existência deles.

Liguei, e logo ao atender pude perceber a discrepância de comportamento entre os dois lugares. Na minha casa era um falatório só. Ouvia-se som de brigas e de televisão ligada falando para o ar, como sempre acontece. Perguntei ao meu marido se todos estavam bem, e ele disse que nada estava bem, que ele não encontrava nada na casa e que iam todos comer lanche de novo, pois ele não tinha descongelado nada e estavam todos reclamando de fome. Perguntei o que ele havia feito para o almoço, e ele disse que não fizera almoço não, cada um havia se virado e comido o que tinha na geladeira.

Fiquei imaginando quanto essa alimentação de fim de semana tinha sido nutritiva, porém não questionei nada, não queria discutir e acabar com aquela sensação prazerosa que sentia. Olhei para os lados, revirei os olhos em desaprovação e respirei fundo. Muito fundo.

Desliguei o telefone e fui tomar um banho. Hoje teria de repetir a roupa, pois não havia outro jeito, não tinha nem mesmo o avesso da calcinha para usar. Coloquei novamente a bermuda do Joaquim e fui para a cozinha para o jantar. Estava ficando mal-acostumada com aquela comida deliciosa e quentinha sempre. Sentiria saudade.

Após o jantar, me recolhi ao quarto de hóspedes, que antes devia ser de suas filhas, pois ainda havia muitos pertences lá, como perfumes antigos, fotos e até duas bonecas, bem surradas de tanto terem sido alvo de brincadeiras. Fiquei imaginando como seria ter uma infância ali. E a adolescência? Será que tinha o que fazer naquela cidade tão pequena? Perdi-me em meus pensamentos, alegres dessa vez. Não havia vozes de anjinhos e diabinhos a me perturbar. E adormeci profundamente. Acho que estava precisando de um *spa* como esse. Só agradeci.

PARQUINHO

Fim de ano escolar. Provas para corrigir, notas para digitar, apresentar trabalhos de compensação de ausência para os bonitos que não se dignaram a frequentar as minhas aulas, análise de trabalhos, dar notas, prazos etc. etc. etc. Esse é um dos períodos mais estressantes na vida de um professor. Existir é quase impossível.

Era hora de buscar as crianças na escola. Não havia outro jeito: teria de parar o que eu estava fazendo. Enquanto esperava os meus filhos serem dispensados e beijados por suas professoras, fiquei observando as crianças no parquinho. Resolvi dar um tempinho na minha parafernália toda — fingindo que não havia trabalho a fazer; eram papéis sobre papéis, e já nem tinha olhos para lê-los mais; acho que estava com L.E.R. nos olhos —, e deixá-las brincar um pouco, tentando me convencer de que elas mereciam. Estava tentando ser uma boa mãe, que olha para seus filhos, que percebe as necessidades deles, que os ouve. Mas, na realidade, esses pensamentos só justificam a fuga da realidade que me aguardava.

Lá fiquei eu. Observando. Havia muitas mães sentadas conversando com uma intimidade incrível. Acho que elas ficam aqui todos os dias, pois parece que se conhecem tanto. Será que elas não têm o que fazer em casa, não? Devem ficar à porta da escola somente para falar mal dos professores.

Todas estavam muito alegres, e eu naquele estado, acabada, quase sem forças para fiscalizar a brincadeira dos próprios filhos.

A todo minuto, era um ou outro me chamando para ver as suas peripécias. Mãe, eu consegui isto. Mãe eu consegui aquilo. E eu fingia que via tudo, aplaudia, mesmo sem saber exatamente o que eles tinham feito, pois embora eu os olhasse, não conseguia enxergar nada. Minha cabeça, meus pensamentos estavam muito além daquilo.

De repente, comecei a perceber um grande movimento ao meu lado. Nessa hora, eu já tinha conseguido um lugar para me sentar; sentei-me feliz da vida, estava muito cansada para permanecer em pé. O grande movimento vinha com uma mistura de vozes e agitação.

Achei, de início, que fosse uma discussão, mas depois fui percebendo que não. Toda aquela agitação era porque algumas mães combinavam uma confraternização de fim de ano. "Ai, a gente poderia fazer um churrasco". E a outra discordava, queria um jantar. Depois começaram a decidir quem levaria o quê, quando seria, em qual casa.

"Poxa, elas ficam combinando tudo aqui na minha frente e nem me convidam. Deve ser um grupo fechado, eu entendo, mas que falta de educação!", pensei.

Nessa hora, elas já combinavam até a roupa que usariam no dia. Elas eram tão frufrus que andavam sempre com roupas parecidas, e até combinando cores.

Aquela conversa toda começou a me deixar irritada. Parecia um bando de gralhas falando no meu ouvido sem parar. Queria dizer um palavrão enorme, mas senhoras certinhas não dizem palavrões. Em vez disso, sorria forçadamente, nos momentos em que algumas delas me olhavam. Queria esganá-las.

Chamei as crianças. Era necessário ir embora dali, estava a ponto de explodir; preferia os meus papéis: eles, pelo menos, não falavam. Elas relutaram um pouco, pois mal tinham ficado cinco minutos brincando, mas eu nem quis saber, usei da minha "autoridade" e as mandei logo para o carro. Decididamente, eu não pertencia àquele lugar. Mas, a qual lugar pertenceria?

XV

Segunda-feira amanheceu. Tinha novamente acordado com o galo cantando, porém hoje agradeci ao meu despertador natural. O dia estava lindo, mas eu tinha de pegar a estrada logo cedo. Mesmo madrugando, eu não conseguiria chegar a tempo de ir ao trabalho. O posto abriria às 5h, mas a distância até a minha casa era consideravelmente longa, e não daria para chegar às 7h, nem de longe, e precisaria trocar de roupa. Já não aguentava mais ficar com aquele cheiro de "queijo podre" entre as pernas. Tentaria, na estrada, ligar para a escola avisando sobre minha ausência para que providenciassem, o mais rápido possível, alguém para me substituir. Só de pensar a minha orelha esquerda já queima, imaginando o quanto falariam mal de mim por avisar em cima da hora sobre minha falta.

Então, saí cedo, mas não tão cedo assim. Acordei com calma. Aproveitei o último café da manhã delicioso preparado pela Dona Maria. Respirei os últimos minutos de tranquilidade e aquele ar limpo e sereno.

Despedi-me da minha anfitriã e, um pouco mais cedo, tinha também me despedido e agradecido a ajuda do Joaquim. Ele, assim que o posto abriu, pegou uma quantidade suficiente de combustível e colocou no meu carro para que eu pudesse levá-lo até o posto para abastecer, sem a necessidade de ser guinchado novamente.

Dona Maria deu-me um abraço carinhoso, que há muito tempo eu não recebia. Agradeci muito a sua hospedagem e hospitalidade. Quis pagá-la pela minha estadia, mas minha oferta foi rejeitada fervorosamente. E não consegui sair dali sem a promessa de que voltaria um dia. E traria meus filhos. E marido. E papagaios e periquitos. Esse seria o meu pagamento, segundo ela.

Respirei mais uma vez aquele ar gostoso, como se, respirando profundamente, eu pudesse carregar um pouco daquela serenidade comigo. Era como se eu quisesse carregar aquela realidade, que não era a minha, comigo e substituir a minha vida corrida e cheia de tarefas.

Não seria difícil cumprir a promessa. Nem mesmo queria sair dali. Como não voltar um dia?

Respirei mais uma vez.

É, estava na hora de voltar para a realidade nua e crua.

CORRENDO ATRÁS DO ÔNIBUS

Estava tão cansada. Acordara com a sensação de que um trator havia passado sobre meus membros. Sempre gostei desse termo para justificar o cansaço extremo, mas, analisando-o ao pé da letra, parece-me bastante impossível, pois se um trator tivesse passado por mim, com certeza eu não estaria mais aqui neste mundo para lhe contar como é a sensação. Isso é certo. Mas vou manter essa analogia mesmo assim. Tudo doía. E abrir os olhos era custoso demais. Não tinha dormido direito à noite. A Estela tinha tido febre. E quem tem filho consegue imaginar o que vem a seguir. Tudo começou com o nariz escorrendo em consequência da friagem dos últimos dias. Não gosto do calor. O calor extremo incomoda-me, dá-me um cansaço fora do comum, mas o frio intenso também não é desejável: ele traz algumas complicações que fogem ao meu controle, e gosto de ter tudo sob os meus olhos e domínio. No entanto, apesar dos agasalhos imensos que coloco sobre meus filhos, não consigo controlar os sinais virais e bacterianos trazidos pelo tempo frio. Todo ano, nessa época, é impossível não ter a febre em nossa casa, e com a Estela há um agravante. Toda vez que ela tem febre ela vomita. Basta dar um antitérmico que o vômito vem. Porém, dar o remédio é preciso, né?

Não há escapatória. O bom de tudo isso é que, com o vômito, a febre já baixa substancialmente. O ruim — tudo na vida tem o lado bom e o ruim — é, de madrugada, ter de limpar o chão, tirar a roupa de cama e enfiar a barriga no tanque para tirar o excesso da sujeira e facilitar para o dia seguinte. Sem contar o cheiro que permanece ali por um bom tempo.

Ser mãe requer muitas vezes passar por cima de muita coisa, até mesmo de seus nojos. Não há o que fazer. Quando vômitos acontecem, meu marido sai às pressas do lugar, ou, como no caso de hoje, nem sequer se move da cama. Se ele sente o cheiro, passa mal junto. Aí são dois vômitos a limpar. Quando eu era jovem, isso também acontecia comigo. E no primeiro vômito do Júnior, quase vomitei também, porém tive de engoli-lo de volta: não era hora daquilo, precisava ser forte. E dali em diante, adquiri o meu escudo bloqueador antivômitos que só as mulheres ganham quando se veem na condição de mãe.

Desta vez, não foi diferente. A Estela vomitou. Depois de socorrê-la e acomodá-la, lá fui eu para o tanque. Tirei o excesso da sujeira, ensaboei os lençóis, fronhas e o cobertor e os coloquei de molho. Depois de tudo mais ou menos limpo e organizado e Estela ter voltado a dormir, demorei a pegar no sono novamente. Minha cabeça fervilhava de pensamentos sobre o que se passava com a Estela. Seria uma febrezinha? Muita água para beber e soro fisiológico bastariam? Seria necessário médico, corticoides, antibióticos? Com quem a deixaria para que eu fosse ao trabalho, pois doente não seria possível levá-la para a escola? E quando relaxei, já era hora de me levantar. O cansaço hoje está bem maior. Vim quase a me arrastar para o serviço. Meus pensamentos estavam lentos. As respostas às perguntas que me eram feitas demoravam a ser processadas. Até chamar a atenção das crianças por algumas travessuras era custoso.

Os últimos momentos de trabalho estavam insuportáveis, não via logo a hora de entregar todos os alunos e correr embora para casa. O que é uma doce ilusão, pois dificilmente lá poderei descansar, com tudo o que tenho a fazer, até mesmo dar conta das roupas de cama da Estela.

Os alunos já estavam sendo preparados para a saída, quando a coordenação me chamou para conversar e levar a documentação pedida para a semana. Só aí me lembrei de que havia deixado em casa os documentos exigidos. Teria de aguentar o sermão que todos já conhecíamos. "Mais essa agora? Como se não bastasse todo o ocorrido", pensei, irritada comigo mesma.

Voltei para sala mais desanimada ainda. Nem tentei me justificar com a coordenação, pois isso me cansaria mais. Só fiquei ouvindo.

Organizamos o restante da sala, e nem deu para cantar a música que cantávamos todos os dias na saída, pois já estava na hora. Botei meu melhor sorriso na cara, para ser gentil com os pais e recebê-los de forma agradável, afinal eles não tinham nada a ver com meus problemas. E lá fui eu para a porta recebê-los.

Cada um que chegava queria conversar um pouquinho, saber como seu filho estava e como tinha se comportado. Quase entrei em desespero ao notar que quem veio buscar o João Gabriel foi a avó. Ela sempre gostava de ficar conversando à porta, contando suas histórias, o que ela e o neto faziam em dias de folga escolar. Sempre contava sua vida inteira. Eu sabia onde morava, onde era a casa de veraneio, quantos filhos tinha e quantos netinhos maravilhosos Deus tinha-lhe concedido, o que cada um tinha ganhado de Natal. E hoje não foi diferente: o papo rolava, mesmo eu quase não lhe dando atenção, chegando até mesmo a parecer mal-educada, ela não parava de falar, contando sobre a viagem que fizeram no fim de semana e como o João tinha se divertido e blá-blá-blá.

Quando ela foi embora, os demais alunos já haviam ido embora também. Aí olhei aquela sala vazia e percebi que não havia dado tempo de organizar meus materiais. Fui pegando tudo, toda atrapalhada, e colocando dentro da bolsa. Não dava tempo de organizar. O ônibus passaria logo. Saí derrubando todas as coisas e ajeitando outras pelo caminho.

Já na rua, após ter andado uns 200 metros, percebi que não havia tirado meu avental, mas não dava tempo de parar e tirá-lo, então fui tirando sem parar mesmo. De repente, ouvi o ronco do ônibus. Depois de tanto tempo pegando o transporte no mesmo lugar, somos capazes de calcular a que distância ele se encontra, a quantos passos e a que velocidade devemos andar para chegar a tempo. Eu estava atrasada. Comecei a correr, pois quando o ônibus alcançou a minha visão, restavam uns 80 metros a percorrer. Então, passei a gritar e a abanar o avental para chamar a atenção de alguém. A minha sorte foi que hoje quem pilotava o ônibus era um motorista que já me conhecia por eu viajar todos os dias, e por um anúncio divino, talvez, ele virou seu olhar em direção à rua em que eu vinha e, vendo meu desespero, parou o ônibus uns metros à frente, depois de ter passado pelo ponto.

Cheguei ofegante, não tinha forças nem para subir as escadas do ônibus. Mal balancei a cabeça afirmativamente em sinal de agradecimento. Mais atrapalhada do que nunca, peguei meu cartão e atravessei a roleta, e quando vi um banco vazio, desabei sobre ele.

Fiquei imaginando o pensamento das pessoas. Quem seria essa louca? Toda descabelada, derrubando coisas, com o avental na mão e bolsas penduradas para todo lado. Mal sabiam elas pelo que eu já tinha passado nesse dia. Só fui me refazer um pouco quando o ônibus já beirava o meio do caminho. Respirei, tomei uma água, guardei os objetos que estavam caindo dentro da bolsa e me recompus como se nada tivesse acontecido. Esse não era comportamento de senhoras certinhas.

XVI

 Peguei o carro e fui até o posto de combustível. Lá, enquanto eu aguardava para ser atendida, fiquei observando que, mesmo em dias de serviço efetivamente, a cidade caminhava ao seu tempo. Todos se conheciam, e por isso os assuntos rolavam de uma forma mais que natural. O atendente do posto conversava com um outro senhor de cabelos grisalhos e calça surrada já com manchas do trabalho, apesar do pouco horário que marcava no relógio. O assunto era sobre a vaca que tinha parido um bezerro naquele fim de semana, e negociavam a sua possível venda, de uma tal forma distraída e tranquila que pareciam nem perceber a minha presença ali. Só consegui abastecer mesmo depois de uns belos 15 minutos de conversa, o que, para uma vida corrida da cidade grande, seria uma eternidade, e eu provavelmente estaria surtando reclamando os meus direitos de consumidora. Mas, hoje foi diferente, foi até prazeroso aguardar, enquanto ouvia aquela prosa toda.

 Saí da cidade e peguei a estrada. Aquela mesma estrada estreita, que parecia ainda mais estreita, como se seu afunilamento me prendesse ali. Estava sendo difícil deixar tudo aquilo para trás. Havia um aperto no peito me consumindo. Foram apenas dois dias. O que será que esse lugar havia feito comigo? Lavagem cerebral, com certeza. Talvez um dia eu volte, traga meus filhos para um passeio, para que eles conheçam um pouco daqui e sintam o ar leve de uma cidade pequena. Até porque eu o tinha prometido à Dona Maria.

Nasci em uma cidade pequena também, um pouco maior que essa. Mas, meus pais morreram quando eu estava com 13 anos de idade, e tive de me mudar para morar com uma prima de minha mãe, que era a parente mais próxima que quis assumir a responsabilidade de criar uma garota adolescente. Morei com ela até os meus 19 anos, quando engravidei, casei-me com o meu marido e passei a viver a vida de uma adulta e seus afazeres. Às vezes, eu lembrava um pouco do lugar onde nasci, mas sempre tolhia meus pensamentos para não sofrer a ausência de meus pais. Passei a sentir até um certo desprezo por cidades pequenas e me deixei envolver pela vida corrida de uma cidade que não para.

Foi estranha a sensação ao chegar à minha cidade. Parecia que eu tinha estado fora um tempão, em um *spa*, talvez, nem parecia pertencer mais àquele lugar, se é que um dia tenha tido essa impressão de pertencimento. Chegar ali era como se eu estivesse entrando em outro mundo. Tudo continuava igual. As casas, o trânsito dos carros, pessoas indo de um lado ao outro como formigas em dias de chuva, com suas bolsas, suas pastas ou suas ferramentas de trabalho. Mas, algo havia mudado. Algo que eu não sabia exatamente o que era. Talvez algo dentro de mim.

Ao chegar à casa, as crianças vieram me receber à porta. Acho que estão com saudades, pensei. Eu também estava com saudades deles, apesar do meu prazer de estar longe. Deram-me um abraço rápido e logo foram relatando, ou melhor, reclamando de tudo o que acontecera no fim de semana. Reclamaram da comida ruim do pai, do Júnior, que não saiu do quarto e só fuçou na internet o tempo todo, do aniversário a que o pai não os levara, das brigas que ocorreram. E eles continuaram falando, falando, falando, enquanto fui me desligando igual a um adolescente que não quer ouvir sermão de mãe, ou ouvir uma aula chata na escola, e fui entrando em casa até encontrar o marido: e a única reação por parte dele que senti foi a cara amarrada, toda fechada, sem o menor sorriso.

— Que bom que você chegou. Agora você já pode assumir de novo esta casa.

Essas palavras chegaram até mim como se ele estivesse desatando o nó e retirando o avental da cintura e me entregando de presente. Deu para sentir o peso delas. Como ele pode não assumir suas responsabilidades? Que cara de pau! Age como se toda obrigação da casa fosse minha! Há 18 anos venho cuidando da casa e dos filhos, deixando apenas as obrigações ditas de "macho" na casa para que ele faça, como consertar um cano, por exemplo. E quando se faz necessário que ele assuma a casa por dois dias apenas, ele fica nesse estado. Tentei brincar um pouco para tirar aquele clima chato que rolava ali, mas aí ele "estourou". Começou a esbravejar, dizendo que eu era uma irresponsável e que tinha feito tudo aquilo de propósito, só de sacanagem. Como eu saía para uma viagem sem analisar o combustível? Ele não tinha responsabilidade nenhuma em abastecer o carro, pois quem viajaria seria eu. E ainda disse, ou melhor, berrou que eu estava ficando louca, pois em momento algum eu tinha pedido a ele para que abastecesse o carro.

Confesso que minha incredulidade foi tamanha que eu só fazia chorar enquanto ele esbravejava. Esperava que sentisse saudade, que ficasse feliz ao me ver, que eu fosse recebida com abraços e com um "Tava com saudade, amor", mas tudo o que aconteceu foram xingamentos e berros. E quando ele me disse que eu não havia pedido nada a ele, e mais uma vez fui tratada como a louca que inventa coisas, eu também estourei. A terapia pela qual tinha passado no fim de semana não foi suficiente. Sempre recebi as críticas de modo positivo, sempre as encarei dizendo que eram para que eu melhorasse como esposa, como profissional, mas desta vez eu não aguentei, soltei tudo aquilo que estava engasgado por uma vida inteira, tudo o que foi contido por ser uma "senhora certinha". Senhoras certinhas não perdem a paciência.

Falei que ele não tinha o direito de dizer isso, que se ele não tinha ouvido o meu pedido, era porque, no momento em que o fiz, ele só podia estar na "caixinha do nada" que os homens possuem ou prestando mais atenção à televisão do que à vida real. Porque é isso que os homens fazem: chegam do trabalho, "descansam", literalmente descansam de tudo, sentam em frente à TV e se desconectam como se em casa eles nem existissem, como se as coisas em casa não dessem trabalho também. Quantas vezes já pensei em fazer a mesma coisa que ele, chegar do serviço e me sentar, fingindo que não havia mais nada a ser feito, que todas as coisas se ajeitavam sozinhas em seus lugares, mas a consciência acabava não o permitindo: não dá para deixar uma criança sem uma boa alimentação, por exemplo, e os filhos também não podem ser deixados de lado; eles precisam de atenção. E assim a mulher segue nunca parando.

Precisou acontecer algo inusitado para que eu pudesse parar e perceber que eu existo, e eu estava feliz em me notar novamente. E que sua reação, ao me ver, foi a pior possível, e que minha vontade era somente de fugir, sumir daquela vida. E pela primeira vez, sem pensar muito, foi isso que fiz. Peguei minha bolsa e o carro, e saí sem destino.

Dirigi por horas sem saber bem para onde ia. A raiva consumia-me por dentro. Sentia vontade de chorar, de gritar, mas não conseguia. Havia um nó enorme na minha garganta. Minhas pernas tremiam, não tinha controle sobre elas, porém estavam fortes, rijas pela raiva. Estava perigoso dirigir, pois meus olhos só viam o que estava à frente. Só me dei conta de onde estava, quando as casas começaram a me parecer familiares, conhecia aquele lugar. Estava chegando novamente àquela cidadezinha maravilhosa que me fez perceber a minha existência. Parei o carro em frente à mesma lanchonete onde tomei suco com aquele estranho. Foi agradável ouvi-lo contar toda sua trajetória ali, seus medos e superações. Meu corpo pedia algo forte para beber. Entrei, e para minha surpresa, lá estava ele, todo aberto a me ouvir, todo receptivo, capaz de me ceder alguns minutos da sua vida. Desabei todas as minhas angústias e mágoas sobre ele, e se ele não ouviu a todas, ele fingiu muito bem, um belo ator, talvez. Senti-me tão bem ao ser ouvida, o coração já estava mais leve, menos angustiado. Passei a observá-lo de um outro modo. Há muito tempo eu não olhava um outro homem. Senti uma atração imensa por ele. Nem mesmo olhava meu marido; a relação já estava mecânica. A atração somente aparecia depois de ser tocada na carne, o corpo reagia quase que involuntariamente, e o sexo acontecia, mas ali, naquele momento, foi diferente, a atração aconteceu como nos tempos de adolescência; havia paixão. Talvez eu tivesse apenas encantada, mas não resisti e acabei beijando-o. Foi um beijo "caliente" e expurgador.

NÃO AGUENTO MAIS

Hoje estou bastante reflexiva. Sentindo-me angustiada até.

Estava pensando comigo sobre toda a minha vida. O que fiz com ela? Seria esta a vida que eu sonhava em ter quando me tornasse adulta? Provavelmente, não. Mas, em que momento me perdi?

Tive algumas realizações, sim, mas até que ponto elas me fizeram felizes? Aliás, eu sou feliz?

Poucas vezes me permito essas reflexões, não gosto da sensação de não ter os pés no chão, e é essa sensação que elas me trazem.

A angústia começa a apertar. Sentia um sufoco imenso e uma enorme vontade de chorar. A impressão que dava era de que se eu chorasse, aliviaria. Porém, como chorar sem causar espanto aos que estavam em casa? Tenho dois filhos pequenos que se pegassem sua mãe chorando, ficariam tristes e desesperados, afinal mãe é sempre um poste de tão firme. Já para o filho maior e o marido, se eu chorasse, era capaz de rirem de mim. Dizendo-me idiota. Que não havia motivo nenhum para choros.

Saí até a rua e comecei a caminhar um pouco. Tentava esconder as lágrimas, mas elas escorriam, mesmo sem permissão. Às vezes, até um soluço aparecia. Olhava ao redor, e se não houvesse ninguém por perto, permitir-me-ia soluçar.

Só queria não existir!

Fiquei me culpando. Como que uma senhora certinha tinha esses pensamentos suicidas? Porém, percebi que eu não queria me matar; simplesmente, queria não existir.

Aliás, por que existimos?

Você nasce. Cresce. Torna-se adulto. Procria. Cria. Trabalha para comprar roupas, para trabalhar. Tudo numa roda gigante infinita. Quero gritar! Mas, não posso. O que pensariam de mim?!

XVII

Aos poucos, a consciência foi chegando. Um misto de vergonha, remorso e culpa por estar contradizendo toda uma vida de passos corretos beirando à perfeição foi me invadindo, e o desespero foi tomando conta de mim. Saí do bar meio alucinada, em prantos, sem conseguir pensar. Quase derrubei um senhor quando passei pela entrada. Não sabia para onde iria, mas ali também não poderia ficar. Entrei no carro, que estava estacionado a poucos metros dali, e saí dirigindo por aquelas curvas a uma velocidade gigante, e dentro de poucos minutos atingi a estrada principal. As lágrimas rolavam sobre o meu rosto sem controle algum e deixavam minha visão completamente turva a ponto de quase não enxergar a estrada. Estava tudo muito confuso. Eu rompia com uma história que fora construída de uma forma milimetricamente perfeita, sem deslizes, com todas as ações pensadas e repensadas. Rompia com todo o conceito que firmei em minha cabeça como sendo o melhor para mim.

Ao mesmo tempo, aquilo era libertador, era como se eu me soltasse das amarras. E, ao sentir isso, comecei a gargalhar, e a gargalhada foi interrompida novamente pelo choro. Não pensava, não refletia, simplesmente chorava e ria.

De repente, escutei o som distante de uma buzina. Eu estava dirigindo na pista contrária. Puxei o volante e voltei para minha pista, e o mundo começou a girar, tudo girava sob meus olhos a uma velocidade incrível. Sentia vontade de vomitar.

XVIII

Pi.

Pi.

Pi.

Pi.

Algumas imagens turvas começaram a aparecer em minha frente. Vozes ao longe.

Começo a perceber um relógio de parede. Não consigo perceber a hora. Que sonho estranho!

Pi, pi, pi.

Novamente, a imagem de um relógio começa a aparecer em minha frente, e ouço um bipe constante. Consigo perceber o horário. O relógio marcava uma hora. Era um relógio analógico. Não sabia se era noite ou dia. O sonho estava recorrente.

É estranho quando temos o mesmo sonho em noites diferentes. Isso sempre acontece comigo. Eu sempre sonho que há um asilo dentro de um dos quartos de uma casa antiga. Quero saber que casa é essa. Ela me parece familiar, mas nunca consigo identificá-la. O sonho começa com uma brincadeira, ou comigo andando pela casa, e, quando entro porta adentro em um dos quartos, a imagem do asilo me aparece. E por vezes, esse asilo se transforma em uma oficina de costura. Nunca compreendi o porquê desse sonho.

Mas, esse sonho de hoje é diferente. Eu fico dormindo e acordando, e sonhando o mesmo sonho, e a cada acordada o sonho piora.

Engraçado como esse sonho está ficando mais claro, mais nítido. As vozes estão mais audíveis. Ainda não consigo compreender o que dizem, mas há pessoas cada vez mais próximas. Uma delas se aproxima de mim, toca-me as mãos e me pergunta meu nome. Respondo e volto a sonhar. Agora, misturadas às imagens do relógio, que marcava 4h, e às pessoas, começaram a aparecer imagens perturbadoras, ouvia sirenes, sentia minha cabeça rodar e o corpo doer. Sentia-me presa, sem conseguir me mexer.

Percebo novamente o relógio, e ele agora marca 6h. Parece que estou acordada, mas continuo me sentindo presa. Onde? Que lugar é este? Parece não ser mais sonho, mas continuo a me sentir presa.

Começo a me mexer, e isso chama a atenção de algumas pessoas, que logo chegaram perto de mim. Não as conheço. Tento puxar minhas pernas e não consigo. Estou amarrada. Alguém me pergunta se sei onde estou. Tento pensar um pouco sobre a resposta a essa pergunta, mas adormeço novamente.

As imagens e os sons de sirenes tornam a aparecer. Muita gente ao redor. "Tudo vai ficar bem": é o que ouço.

Pi, pi, pi, pi.

— Oi. Sabe onde você está?

Viro minha cabeça para os lados, começo a reconhecer aquele ambiente hospitalar. O que estou fazendo aqui? Tento me mexer, mas ainda há algo que me aprisiona.

— Nós tivemos que a amarrar um pouco, pois você estava muito agitada, poderia se machucar.

— O que estou fazendo aqui? — pergunto, ao perceber as três temidas letras garrafais afixadas na porta de vidro: UTI.

— Você não se lembra de nada?

— Aparecem sirenes em meu sonho. Eu sofri algum acidente?
— O que estaria eu fazendo em uma UTI? Seria algo grave?

O sonho continua e me pergunto se estou mesmo no hospital, ou essa conversa faz parte do sonho?

Acordo novamente e me oferecem algo para comer. Como bem pouco. Esse sonho está cada vez mais real. Começo a me lembrar de algumas imagens, mas não consigo definir se essas imagens do acidente aconteceram realmente ou são só imagens criadas por uma mente confusa. Não consigo acreditar que sofri um acidente. Acho que só vou crer quando eu vir alguém que eu conheça.

Nesse momento, o relógio marcava 12h30. Era um relógio analógico. Não dava para saber se era de noite ou de dia.

Quando acordei novamente, os ponteiros estavam bem claros e marcavam quase 3h.

Já não me sentia presa, porém me mexer era bastante custoso. Doía tudo.

De repente, a porta externa daquela salinha abre-se, bem devagar. E por ela entra o meu marido, meio acabrunhado, todo polido, sem saber onde punha as mãos. Sem saber qual tom de voz deveria assumir e quais palavras pronunciar. Pé ante pé.

Viu-me acordada, olhou bem em meus olhos, pegou em minhas mãos e me disse: "Sinto muito. Perdoe-me". "Tive muito medo de perder você".

Eu ouvi suas palavras. Percebi quão sinceras elas eram. Ou, pelo menos, quis acreditar na sinceridade delas.

Tentei engolir o amargo de toda uma vida. Estava custoso. O gosto de fel preenchia todo e qualquer espaço da minha boca. Todas as vezes em que fui julgada por ele. Todas as vezes em que não foi dado crédito às minhas ideias. Todas as vezes que não acreditaram em mim e passei por mentirosa ou louca. Todo o estresse passado. Sorri um sorriso sincero. Apertei-lhe a mão.

E adormeci.

Pipipipipipipipipi.